वैभव सोनी

कमवक़्त

कमवक़्त – पल भर के लिए

वैभव सोनी

Iksoon (इकसून)

यह एक काल्पनिक कृति है। पात्र, स्थान एवं घटनाएँ लेखक की कल्पना पर आधारित हैं। किसी वास्तविक व्यक्ति या घटना से समानता मात्र संयोग है।

प्रथम संस्करण: अप्रैल 2026
ISBN:
मूल्य: आवरण (बैक कवर) पर देखें
पृष्ठ संख्या: 199

आवरण एवं आंतरिक सज्जा: Pod Club Media™

प्रबंधन:
Pod Club Media™
Vertical of WMB VENTURES (OPC) PRIVATE LIMITED
www.podclubmedia.com
भोपाल, मध्य प्रदेश, भारत

Managed by:

Pod Club Media™

WMB VENTURES (OPC) PRIVATE LIMITED

Plot No. 458/9-B, Saket Nagar

Near H.E. Hospital, Huzur

Bhopal – 462024

Madhya Pradesh, India

hello@podclubmedia.com

समर्पण

यह किताब और इसकी कहानी मेरे मन में बहुत पहले ही जन्म ले चुकी थी। मैं उस छोटी सी जगह से आता हूँ जहाँ माता-पिता को इस युग में भी भगवान कहकर पूजा जाता है और मेरे लिए तो वे हैं भी भगवान । कहानी कुछ अलग है लेकिन जैसी भी है, जो भी है, यह मेरी पहली किताब है और ये किताब मैं अपने माँ-पापा को समर्पित करता हूँ। जिस क़ाबिल भी आज मैं हूँ उसमें बहुत लोग शामिल हैं लेकिन सबसे पहला हाथ जिनका मैंने थामा वो माँ-पापा हैं। उस वक़्त के लिए भी जिसने मुझे गिरते-पड़ते चलना सिखाया और उन लोगों को जो ज़िन्दगी में एक सबक की तरह आए और महसूस हुआ 'कमवक़्त'।

प्राक्कथन

"शिक्षक और विद्यार्थी का रिश्ता बहुत ही खूबसूरत होता है—प्रेम, सम्मान और भय के अहसास का मिला-जुला रिश्ता। कई छात्र एक शिक्षक के जीवन में प्रवेश कर मन के एक कोने में अपना स्थायी स्थान बना लेते हैं। फिर वे चाहे दूर हों या पास, आप उन्हें पढ़ा रहे हों या नहीं, वे जीवन का एक अभिन्न हिस्सा बन ही जाते हैं। वैभव उन्हीं विद्यार्थियों में से एक है और सुखद आश्चर्य की बात यह है कि वैभव के विषय में लगभग सभी अध्यापक यही कहते हैं।

वह एक बेहद संवेदनशील व्यक्तित्व का धनी है, जो बिना बताए, बिना दर्शाए और बिना जताए आपका इस तरह ध्यान रखता है जैसे कोई अपना। ईश्वर ने वैभव को बहुत ही सहज और सरल बनाया है; वह आपके प्यार को जितनी सरलता से स्वीकार करता है, उतनी ही सहजता से डाँट को भी अपना लेता है। उसकी यही सहजता उसे भीड़ से अलग करती है।

चाहे छोटा हो या बड़ा, वह सभी के प्रति समान भाव रखता है। वर्तमान में जहाँ विद्यार्थी पढ़ाई और किताबों से दूर भागते हैं, वैभव हमेशा पढ़ता हुआ

दिखाई देता है। उसके हाथ में अक्सर एक नई किताब होती है, जिसे पढ़कर वह उसकी समीक्षा भी लिखता है। उसके व्यक्तित्व में मासूमियत और परिपक्वता का मिश्रण उसे एक विशेष स्थान दिलाता है। वैभव जैसे विद्यार्थी अपने परिवार, गुरुजनों और देश का नाम रोशन करते हैं; उसका व्यक्तित्व वास्तव में प्रेरणादायक है। मैं ईश्वर से यही प्रार्थना करता हूँ कि उसे वह सम्मान, प्रेम और सफलता प्रदान करें, जिसके वह योग्य है।"

-डॉ. हरीश गिदवानी, इंदौर

“सच्चे दिल पर साहब राज़ी—जानते तो सभी हैं, पर कितने ही दिल की सच्चाई और सफ़ाई को बरकरार रख पाते हैं।

वो मासूमियत और भोलापन, जो व्यक्ति को कीचड़ में भी कमल-पुष्प समान न्यारा और प्यारा बनाए रखता है, वह व्यक्तित्व वैभव ने पाया है और उसे बनाए रखा है।

सृजन करने की कला, आज्ञाकारिता और समर्पण-भाव—ऐसी ही अनेकानेक विशेषताएँ, साथ ही ईश्वर के प्रति संपूर्ण निष्ठा एवं विश्वास—वैभव के जीवन की यात्रा को प्रतिपल सफल बनाएँगे।

एक लेखक के रूप में, "कमवक़्त" पुस्तक से जो शुरुआत होने जा रही है, यहीं से सफलता और अनुभवों का पहला अध्याय शुरू होता है।

एक लेखक, विचारक, समीक्षक और विद्यार्थी के रूप में प्रारंभ हो रही यह यात्रा साहित्य-जगत और बुद्धिजीवियों के बीच वैभव को ना केवल प्रतिष्ठापित ही करेगी वरन उदाहरणमूर्त रूप से ऊँचे सोपानों पर भी ले जायेगी।

सफलता आपका जन्मसिद्ध अधिकार है।

कलम कमाल करेगी, शुभकामनाएँ।

-अमित वाधवा, भोपाल

आफ़रीन

वैभव को जब पहली बार देखा तो लगा कि ठीक ही है—सभी की तरह एक युवा जिसकी आँखों के सपने उसे सताते होंगे।

वैभव ने बहुत कुछ सीखा और लिखा; बहुत कुछ जिया और उसे शब्दों का जामा पहनाया है। वैभव से लेखन की उम्मीद उसी दिन से जग गई थी, जब उन्होंने विज्ञापनों की कॉपी और आलेखों के साथ कविताएँ भी लिखीं। ओपन माइक में जमकर कविताएँ सुनाने वाले और सब तरफ से वाह-वाही बटोरने वाले वैभव अब इस 'लिखाड़ी' दुनिया में जम गए हैं।

वैभव का यह उपन्यास एक सुंदर प्रयास, या कहें कि एक महत्वपूर्ण पायदान है। सरल अनुभूति और सहज लेखन; भावनात्मक लेखन का यह नयापन वैभव के लेखकीय जुझारूपन से वाकिफ कराता है।

लेखक को बहुत-बहुत बधाई!

-डॉ. सोनाली नरगुंदे, इंदौर

भूमिका

ज़िंदगी में जब कभी दिल और दिमाग़ में आए कि जिस तरह से सब कुछ मेरे आस-पास घटित हो रहा हैं उसको लेकर एक किताब लिखनी चाहिए तो देर मत कीजिएगा। मैंने पहली बार जब किताब लिखने का सोचा वो May 2020 रहा होगा। लेकिन कुछ लिखकर बस कभी इसे सबके समक्ष रखने को मेरा दिल नहीं माना। फिर 5 साल बाद जब इसका ज़िक्र मैंने भोपाल में रहने वाले अमित वाधवा सर के सामने किया जिनके साथ मिलकर मैं बहुत कुछ नया सीख रहा था। तो उन्होंने मुझे प्रेरित किया कि अगर लिखने की कला हैं तो किताब लिख डालो। इस तरह से इस किताब को लिखने की शुरुआत मैंने की और एक कदम अपनी ओर बढ़ाया। 24 अक्टूबर 2025 को मैंने 'कमवक़्त' को पूरा किया। एक अलग ही जादू हो रहा था हर एक बात को लिखते हुए। रात को जागना और चाय से भरा कप लेकर लिखने बैठ जाना। ये किताब मेरे दिल के उस तले से जहां अंधेरा और उजाला दोनों साथ रहते हैं। उम्मीद करता हूं जितने प्रेम से मैंने 'कमवक़्त' को लिखा हैं उतना ही कम वक़्त आप इसे पढ़ने में लगाएंगे और आपको ये पसंद आएगी। पुस्तक आप पाठकों की हुई। मुझे आप सभी की

प्रतिक्रिया का इंतज़ार रहेगा। पढ़ते रहिए, लिखते रहिए और मुस्कुराना मत भूलिए क्योंकि मुस्कुराने पर कोई टैक्स नहीं लगता।

वैभव कुमार स्वर्णकार

sonivaibhav774@gmail.com

Insta : @sonivaibhav0

Fb Page : @SoniVaibhav

प्रस्तावना

इस दुनिया में मोहब्बत करने के लिए एक शर्त है मेरे हिसाब से—कि लोगों की सोच और शहर को एक बराबर का नहीं होना चाहिए। अगर मोहब्बत है तो ये देख लो कि या तो शहर बड़ा हो ताकि आप अपनी दोस्ती वाली मोहब्बत से भी मिल पाएँ, या फिर लोगों की सोच बड़ी हो जो ये न सोचती हो कि एक लड़का और लड़की सिर्फ़ दोस्त नहीं हो सकते।

आभार

सबसे पहले तो शुक्रिया मेरे शिव बाबा का, जिन्होंने इतनी हिम्मत मेरे अंदर भरी कि मैं इस कहानी को बस लिखता ही चला गया।

शुक्रिया मेरे माँ-पापा का, जिन्होंने मुझ पर इतना भरोसा दिखाया है, मुझे आगे बढ़ाया है। मुझ पर तंज़ नहीं कसे। जहाँ ज़रूरत थी वहाँ डाँटकर और समझाकर मुझे चलना सिखाया है। पाँच साल से मैं बाहर पढ़ रहा हूँ और अगर आज भी कहता हूँ कि जल्दी ही कुछ करना होगा, तो उनका जवाब हमेशा यही होता है कि तू चिंता मत कर सब हो जाएगा; इतने गर्व से हमेशा मेरी बात करते हैं पापा सबसे। अपनी ज़रूरतों को पीछे रखकर हमेशा मुझे आगे किया है। जितना कहूँ कम ही है।

शुक्रिया अमित वाधवा सर का, जिन्होंने मुझे राज़ी कर लिया इस किताब को लिखने के लिए, नहीं तो जिस तरह से ये किताब 5 सालों से एक डॉक्यूमेंट में ड्राफ्ट बनकर बंद थी, कभी नहीं पूरी हो पाती। जिन्होंने मुझे भरोसा दिलाया कि मैं किताब को पूरी कर लूँगा। उनकी दुआओं और आशीर्वाद से इस किताब

को मैंने लिख ही लिया। भोपाल में जिन्होंने बिल्कुल भी ऐसा एहसास नहीं होने दिया है कि मैं कहीं अकेला आ गया हूँ।

शुक्रिया है इंदौर में रहने वाले मेरे हिंदी के और जीवन के शिक्षक हरीश गिदवानी सर का, जिन्हें मैं पिता से भी संबोधित करता हूँ। जिन्होंने ना केवल मुझे किताबों से जोड़ा बल्कि इतनी अलग-अलग किताबों से मिलवाया जिन्होंने मेरी ज़िन्दगी को पूरी तरह से बदलकर रख दिया। एक अजनबी शहर में जितना प्यार उन्होंने दिया है, उसका मोल मैं कभी अदा नहीं कर सकता।

शुक्रिया मेरे दोस्तों का, जिन्होंने भरोसा जताया कि तू तो सब कर सकता है। शुक्रिया हर उस मुश्किल मोड़ में मेरा साथ देने के लिए, हाथ थामने के लिए। शुक्रिया उन परिस्थितियों का जिन्होंने मुझे गिरते-पड़ते चलना सिखाया है। शुक्रिया उन किताबों का जिन्हें पढ़ने के बाद मैं जीवन के सही मायने समझ पाया हूँ।

शुक्रिया आप सभी पाठकों का जो इस किताब को शुरू कर रहे हैं और मुझे इंतज़ार रहेगा आप सभी के जवाबों का कि आपको किताब कैसी लगी।

कभी-कभी ऐसा होता है कि समंदर की लहरों को जीतना तो आसान होता है, हम तैराक बनकर उन लहरों पर सवारी कर सकते हैं, लेकिन मन में उठे भँवर बहुत तेज़ होते हैं। जहाँ कोई जीत जाता है तो कोई हार मान लेता है, और कभी-कभी हार मान लेने से भी हमारी जीत हो जाती है।

कहना बस इतना सा है कि समंदर की लहरों को जीतना आसान है लेकिन मन की लहरों को जीत पाना थोड़ा मुश्किल नज़र आता है। हमारे जीवन में अनेक ऐसे नाज़ुक मोड़ आते हैं और उन्हीं में से एक है प्रेम मोड़; किसी का हमारे साथ होना। हम भी अजीब हैं, किसी अजनबी को अपना बनाकर उससे प्रेम चाहते हैं जो हमारे बारे में कुछ ना जानता हो। हमारे पास बहुत कुछ हो उसे बताने के लिए जिससे ज़िन्दगी आगे बढ़ सके और हम सोच सकें कल के बारे में, और उसे बता सकें कि हमें क्या पसंद है और क्या नापसंद।

ये कहानी है इसी प्रेम मोड़ की, जिसमें हो सकता है आपका हिस्सा भी कहीं ना कहीं छिपकर बैठा हो, या हो सकता है कि ये आपको आपके जीवन का एक अलग मोड़ दे। ख़ैर, इसका फ़ैसला मैं आप पर ही छोड़ता हूँ और इस कहानी को मैंने 'मैं' कहकर ज़्यादा संबोधित किया है ताकि ये आपको अपनी लग सके। तो चलें?

एक बार 'हाँ' कहकर शुरू कीजिये।

प्रेम मोड़ के लिए...

कमवक़्त

वैभव सोनी

ज़िन्दगी

ज़िन्दगी... कितना सही शब्द होता है ना अपने बचपन को बयां करने का, वैसे मेरे पास बचपन में कोई ख़ास दोस्त नहीं था। यूँ भी हम ज़िन्दगी की उस राह से गुज़रते हैं जहाँ हमें कुछ भी मालूम नहीं होता और हम बस एक अल्हड़पन से जिए जाते हैं। अब देखो ना, मैं ये किताब भी कितने बिना सोचे-समझे लिख रहा हूँ, कीबोर्ड की रफ़्तार से ऐसा लग रहा है बस लिखता ही जाऊँ।

ज़िन्दगी के कुछ हसीं पल हम सभी बचपन से अक्सर जोड़ लेते हैं लेकिन ज़िन्दगी की उधेड़बुन में ये पता ही नहीं चलता कि ज़िन्दगी रेत जैसे हाथ से फिसलती ही जा रही है। वैसे मैं अपने बचपन की बात करूँ तो शायद बचपन ने ही मेरी जवानी की एक सबसे बड़ी बात कह दी कि मुझे दर्द नहीं होगा और होगा भी तो आदत भी हो जाएगी। जब मुझे बचपन में चोट लगती थी तो कोई आकर कहता था कि देख चोट लगी है।

ये कहानी है सृजन की यानी मैं। नया सा स्कूल और मैं उस समय उस स्कूल में पुराना नहीं था, उस वक़्त मुझे कोई ऐसा देखने को मिला जो सबका ख़याल

रखता था लेकिन वो 'था' नहीं 'थी'। मैं अक्सर अपनी बातें किसी से करता नहीं था लेकिन वह एक ऐसी लड़की थी जो बिना कहे ही सब कुछ समझ जाया करती थी। उस लड़की का नाम था ‘भव्या’, अच्छा नाम है ना! उसके नाम की तरह ही वह भी बहुत ज़्यादा ही भावुक थी, मतलब वह जब भी किसी को उदास देखती थी तो ख़ुद भी उदास हो जाती। ऐसा ही एक क़िस्सा याद आ रहा है मुझे जब मेरे सर पर चोट आ गई थी।

मैं बहुत डर गया था कि अगर मम्मी को पता चला तो मम्मी डांटेंगी, पापा भी चिल्लाएंगे, तो मैंने किसी को बताया नहीं और यह चोट मुझे लगी थी घर से बाहर निकलते हुए और मैं सीधा स्कूल चला गया। अब जैसे ही स्कूल की क्लास में एंटर होकर बैठा तो थोड़ी ही देर बाद भव्या ने देखा और पास आकर कहा- ‘सृजन... तुम्हें तो चोट लगी है चलो मेरे साथ ऑफिस में।’ मैंने कोशिश तो पूरी की थी कि किसी को भी पता न चले लेकिन ये लड़कियाँ और इनकी Intuition Power बचपन से ही strong होती है। ऑफिस में पट्टी करवाने के बाद ही उसे शान्ति मिली और Class Monitor भी थी उस समय पर वो तो बस अपना फ़र्ज़ निभा रही थी लेकिन इससे दूसरे लड़कों के मन में ज़रूर आया होगा कि काश ये चोट हमें लगी होती और वो सही भी थे, अगर उन्हें चोट लगती तो वो और भी बात कर पाते भव्या से पर मैं तो इंट्रोवर्ट था सो ये हो न सका।

बचपन बहुत मासूम होता है तो कोई किसी से लड़ता-झगड़ता नहीं है, सब को सब अच्छे लगते हैं लेकिन जैसे-जैसे हम बड़े होते जाते हैं हममें वो मासूमियत, भावुकता ख़त्म होती जाती है और दूसरे भाव वो जगह ले लेते हैं।

सबसे बड़ा दर्द तो वह था कि 4th क्लास से हम 5th क्लास में जाने वाले थे पर उसी समय भव्या स्कूल से निकल गई थी। अब अचानक किसी को आपकी चिंता होने लगे और वही गायब हो जाए तो फिर आपको लगता है कि क्या ही बचा है। लेकिन फिर यह सिलसिला तो यहीं खत्म हो गया कि आई-गई बात हो गई। फिर क्या था, 5th क्लास में कोई ऐसी लड़की थी नहीं या थी भी लेकिन हमारा ही जी नहीं चाहता था। देखिए दिल तो सबका आ जाता है, आप सोच रहे होंगे पाँचवीं क्लास में ऐसा कैसे हो सकता है लेकिन यही तो मासूमियत है ना, ये वही बात है 'दिल तो बच्चा है जी'।

लेकिन कहते हैं ना सब्र का फल मीठा होता है, 4th और 5th क्लास का सफर यहीं खत्म हो गया लेकिन कहानी अभी बाकी थी। कभी-कभी ज़िन्दगी हमें वही दे देती है जिसका हम इंतज़ार करते हैं, हमेशा उल्टा नहीं होता कि जो हमें चाहिए वह हमसे छीन लिया जाएगा, बिल्कुल भी नहीं। मुझे लगता है कि बचपन में तो हमें वही मिलता है जो हमें चाहिए होता है या तो हम लड़-झगड़ कर ले लेते हैं, गुस्से से, रो कर, ज़िद करके। बचपन में हमें हज़ार तरीक़े मालूम होते हैं कि किसी चीज़ को कैसे पाना है, ना जाने क्यों ये तरीक़ा बड़े होते-होते एक

अलग ही नाम बन जाता है, हम ज़िद नहीं छलावा करने लगते हैं। भव्या तो गई लेकिन मैंने कहा ना ज़िन्दगी आपको आपकी चीज़ दे देती है सही वक़्त आने पर।

प्यार का एहसास

प्यार नाम सुनते ही ऐसा लगने लगता था जैसे कोई नई ज़िन्दगी हो और 6th क्लास में बैठे बच्चे को क्या पता होता है कि प्यार क्या होता है। बचपन में तो हर चीज़ को हम इतनी मासूमियत से देखते हैं कि धोखाधड़ी का कोई नाम तक नहीं होता, लेकिन प्यार वह एक अलग एहसास है और उस उम्र में ये एहसास जो है बड़ा लाज़मी सा हो जाता है।

शायद कभी-कभी यह होता है कि जब हम घर से प्यार नहीं पाते तो हम कहीं और प्यार ढूँढते हैं, और घर से प्यार पाते हैं तो फिर तो प्यार ढूँढते ही हैं क्योंकि जो एहसास हमें सुकून देता है, हम उस एहसास को हर जगह ढूँढना चाहते हैं, हर जगह पाना चाहते हैं। मेरी ज़िन्दगी में तो कोई ऐसा था ही नहीं जिससे प्यार की बातें कर सकते थे और फिर शुरू हुई मेरी 6th क्लास। जब तक मैं हिंदी मीडियम में पढ़ा तब तक तो सब बहुत अच्छा था, हमेशा फर्स्ट आना, लेकिन फिर जैसे ही इंग्लिश मीडियम में शिफ्ट किया तो पढ़ाई थोड़ी डिफिकल्ट लगने लगी लेकिन फिर भी चीज़ें चलती रहीं।

अब आप सोच रहे होंगे 6th क्लास में इतनी समझ थोड़ी होती है, लेकिन हालात आपको बहुत कुछ सिखा देते हैं। तो 6th क्लास में वही सब बोरिंग लेक्चर्स थे, क्या करें पढ़ाई में तो वैसे ही मन नहीं लगता था उस समय और फिर एक दिन ऐसी लड़की की एंट्री हुई हमारे स्कूल में जिसे देखकर मुझे लगता है कि सबका यही मन हुआ होगा और सबने एक ही बात सोची होगी कि "यही लड़की हमें पढ़ाने लगे"।

अब बचपन में जो मासूमियत होती है उसकी बात ही अलग होती है, मैं भी हाथ में पानी की बोतल लिए दोस्तों से गप्पे लड़ा रहा था पर अचानक ही मोहतरमा की एंट्री हो गई। उस समय होता यह था कि सभी क्लासेस के सेक्शंस हुआ करते थे—कोई 'A' सेक्शन में तो कोई 'B' सेक्शन में। कोई बढ़िया पढ़ने वाला है तो वो 'A' में जाएगा और जो थोड़ा कम पढ़ते थे या जिन्हें सीखने की ज़रूरत है वो 'B' में जाएंगे। और मैं था 'A' सेक्शन में। अब मैं इतना भी कमज़ोर नहीं था कि 'B' में होता, लेकिन फिर भी मुझे लगता है 'B' सेक्शन ज़्यादा बढ़िया होता है क्योंकि सीखने की उम्र थी और जहाँ आपको सीख मिलती है आपको जाना ही चाहिए।

लेकिन मैं 'A' में था और यही सोच रहा था कि ये लड़की जो है हमारे ही सेक्शन में आनी चाहिए भगवान! और ठीक वैसा ही हुआ जैसे भगवान बगल में बैठकर सुन रहे हों कि "अच्छा बेटा ठीक है, जब खुद ही अपने आप को बर्बाद

करना चाहो तो कोई कैसे रोक सकता है"। मैं तो लड़कियों से बात कम ही करता था जैसे—'आटे में नमक, स्वाद अनुसार'। दोस्त भी बहुत कम थे लेकिन वो जिस दिन से आई उसी दिन से लड़कियों से बतियाना भी शुरू हो गया मेरा, वो भी बहुत हल्का-फुल्का।

अब जिस दौर से हम आते हैं उसमें तो एक पेन माँग लेना भी बहुत बड़ी बात होती है। देखो, बातों-बातों में मैंने उसका नाम तो बताया ही नहीं आपको, तो उसका नाम था 'तृषा'। मैं कभी उसके लिए चॉकलेट लेकर जाता तो कभी कुछ। कभी भी मैं उससे सीधे जाकर बात नहीं करता था। उसकी एक बेस्ट फ्रेंड भी थी जो कि पहले से ही मेरे साथ थी, मतलब एक ही स्कूल में पहले से ही थे और तृषा तो बाद में आई थी 6th क्लास में। तो तृषा की बेस्ट फ्रेंड का नाम था 'रूही', जो कि तृषा की बहुत अच्छी दोस्त बन गई थी कुछ ही दिनों में। तो जब भी मुझे तृषा से कुछ पूछना होता था तो मैं रूही से बोल देता था।

देखा जाए तो तृषा लड़कों से कम ही बात करती थी, मैंने कभी उसे देखा ही नहीं किसी लड़के से बात करते हुए और वह बस हमेशा रूही से ही अपनी बातें शेयर किया करती थी। होता है ना ऐसा क्लासेस में, आपका किसी से एक अलग ही जुड़ाव हो जाता है या कोई ना कोई आपका संगी-साथी होता ही है। एक बात ये कि तृषा 'आप' कहकर बात करती थी। मैं बात कर रहा था कि प्यार का जब पहला एहसास हुआ मुझे, और शायद बचपन में हर एहसास एक प्यार

की तरह ही होता है। कोई अच्छे से बात कर ले, सर पर हाथ फेर दे तब भी लगता है कि कितना प्यार है। लेकिन किसी लड़की के लिए प्यार महसूस करना बहुत अलग बात होती है और बचपन में आप सब इन बातों से वाकिफ़ नहीं होते, इसीलिए जब बचपन में ग़लतियाँ होती हैं तो उसे 'बचपना' कहते हैं। ग़लती को ग़लती नहीं कहा जाता और जब बड़े हो जाते हैं तो ग़लती भी पहाड़ जैसी हो जाती है।

ख़ैर, आप जिससे प्यार करने लगते हैं, जिसके लिए महसूस करने लगते हैं उससे आपकी बात ऐसे ही शुरू होती है कि आपने कभी पेन माँग लिया, कभी जो टीचर्स लिखवाते हैं वह कॉपी माँग ली। पानी खत्म हो गया है, पानी की बोतल दे देना... शायद बहुतों की ख़्वाहिश भी होती है कि जिस बोतल से उसने पानी पिया है उस बोतल से मैं भी पानी पीकर ही रहूँगा। बड़ी ही बचकानी बात है लेकिन देखा जाए तो एक समय ऐसा था जब सबके लंच बॉक्स और पानी की बोतल एक जगह रखे जाते थे, कोई भी बेंच पर लेकर नहीं बैठता था। एक जगह होती थी जहाँ यह सब जमा होता था। मेरी बात कैसे शुरू हुई वह बताता हूँ, तो अगला पन्ना पढ़िए।

पहली बात: कुछ अलग एहसास

तो यहाँ तक आ ही गए आप! अगर पहली बार की बात मैं करूँ तो मुझे लगता था कि मैं क्या ही बात करूँगा तृषा से, लेकिन कहते हैं ना कि अगर आप किसी चीज़ को पूरी शिद्दत से चाहो तो पूरी काइनात उसे आपसे मिलाने की साज़िश करती है। तो मेरे साथ भी वैसा ही होने लगा।

वैसे अक्सर देखा जाए तो ऐसा होता नहीं था लेकिन कुछ स्कूल ऐसे भी होते थे कि अलग-अलग जगह से सभी लोग आते थे पढ़ने के लिए, तो तृषा पास ही के शहर से पढ़ने आई थी और सबसे आख़िरी बस में वह अपने घर जाती थी। उस दिन मैं भी बैठकर बस का इंतज़ार कर रहा था क्लासरूम में कि समय हो तो निकला जाए। अब उस समय क्लासरूम में मैं और तृषा बैठे थे अकेले। वो अपने बेंच पर थी और मैं अपने पर।

अचानक से तृषा ने आवाज़ दी, मुझे लगा कि ये कोयल की आवाज़ कहाँ से आई... वो तृषा की आवाज़ थी और उसने कहा कि— "सृजन! हमारी पेन खत्म हो गई है, आपके पास एक्स्ट्रा पेन है?" मैंने बताया था ना, वह 'आप' कहकर

बोलती है। तो भैया, मुझे तो कब से इसी बात का इंतज़ार था कि कब आपका पेन खत्म हो और मैं आपको पेन ऑफर करूँ। तो मैंने कहा कि— "जी है ना, लेकिन आपको कौन सी पेन चाहिए, मेरा मतलब है ब्लू या रेड?"

तो उसने जवाब दिया कि— "रेड पेन"। तो मैंने सोचा कि इससे अच्छा मौका कब मिलेगा उससे बात करने का, तो मैं उसे पेन देने गया लेकिन मैं बात नहीं कर पाया। फिर क्या था, उसके लिखने का काम खत्म हुआ और वो मुझे पेन देने चली आई— "सृजन तुम्हारा पेन"। मैंने कहा कि— "तुम रख सकती हो, हमारी दोस्ती की शुरुआत समझ लो।" देखो, क्लास 6th थी लेकिन जब आप किसी के लिए कुछ महसूस करते हैं तो वह भी बोल देते हैं जो नहीं बोलना होता है उस उम्र में, लेकिन आपको बहुत आगे जाकर पता चलता है।

फिर वहीं से मेरी बात शुरू हुई उससे। कुछ भी मुझे पता नहीं था कि क्या पूछना चाहिए, क्या कहना चाहिए, क्या बोलना चाहिए, तो मैं हमेशा ही उससे बस एक ही बात पूछा करता था कि "तुम जहाँ रहती हो उस शहर का नाम क्या है?" वो हमेशा इस सवाल का एक ही जवाब देती कि "बहुत दूर है।" मैं भी कहता कि "दूर तो है लेकिन कितना दूर और कहाँ है, कोई नाम तो होगा।"

उस दिन के बाद से जो दोस्ती थी मुझे लगा कि बढ़ने लगेगी और ऐसा हो भी रहा था। एक अलग एहसास था वो। मैं उस दिन घर जाने के बाद से सोते समय

तक यही सोच रहा था कि क्या मुझे मेरा प्यार कभी मिल पाएगा? उस समय ये बात सोचना ही बहुत बड़ी बात थी और किसी लड़की से मेरी बात हो जाना, वो इससे भी बड़ी बात थी। मुझे नहीं पता था कि आगे क्या होने वाला था, क्या मेरी बात ऐसे ही चलती रहेगी या फिर रुक जाएगी। कहते हैं ना कि ज़िन्दगी में तो कल का भी भरोसा नहीं है, तो मैं भी बस यही सोचते-सोचते और तारों की तरफ़ देखते हुए सो गया कि सब अच्छा ही होगा। तो इस तरह मेरी और तृषा की बात शुरू हुई।

"अधूरे थे ख़्वाब जो पूरे करने थे, खाली थे ज़िन्दगी में मोहब्बत के पन्ने, वो भी ज़रा भरने थे।"

ज़िन्दगी एक सफ़र है सुहाना

जब आपको प्यार होता है तो ऐसा कहते हैं कि आप किसी भी गाने को सिर्फ़ सुनते ही नहीं हैं, बल्कि उसके पीछे बैकग्राउंड में अपने आप को सोच भी रहे होते हैं। ऐसा भी कहते हैं कि जब प्यार का रंग लगता है तो आपको गाने के बोल समझ आने लगते हैं, फिर चाहे दिल एक तरफ़ से लगा हो या दोनों तरफ़ से, या भले ही आँखें ही चार हुई हों, आपको हर शब्द समझ आने लगता है और टूटे-फूटे lyrics आप गाने लगते हैं, वो भी पूरे Confidence के साथ कि 'अपुन ही शाहरुख़ ख़ान हैं', दोनों हाथों को हवा में लहराते हुए।

वैसे तो मेरी तृषा से बातचीत होने लगी थी लेकिन मेरे दिल में तृषा के लिए प्यार था और अगर एक सच्चे दोस्त की तरह भी वो मुझे मिल जाए तो अच्छा हो, मैं यही सोचता रहता था। जिससे आप प्यार करते हैं उसके लिए आप कुछ भी करने को तैयार हो जाते हैं और अव्वल तो ये कि वो पहला प्यार हो, तो किसी भी आशिक़ की आँखों की चमक देखने लायक होती है।

मैं तृषा से बस इस बहाने से बात करता था कि पेन चाहिए हो तो माँग लेना, या कभी मैं ही उससे पूछ लिया करता था कि "मेरा पेन खत्म हो गया है, आपके पास एक्स्ट्रा पेन है क्या?" लेकिन धीरे-धीरे मैं खुलने लगा था। उस समय फ़ोन इतनी आसानी से किसी बच्चे को नहीं मिलता था, सभी बस अपने पापा या मम्मी का फ़ोन इस्तेमाल करते थे। तो मैं उससे नंबर भी नहीं माँग पा रहा था और ये भी सोच रहा था कि अगर नंबर मिल भी गया तो क्या मुझमें इतनी हिम्मत भी है कि मैं पापा के फ़ोन से उसे फ़ोन करके बात कर सकूँ। वैसे तो जब प्यार हो जाए तो वो प्यार, वो मोहब्बत आपको बेबाक और निडर बना देती है लेकिन फिर भी ख़ौफ़ तो आ ही जाता है ये सोचकर कि अगर पापा को पता चला तो शामत आई समझो।

लेकिन फिर भी एक दिन हिम्मत करके मैंने तृषा से बोल ही दिया कि क्या हम एक दूसरे से फ़ोन पर बात कर सकते हैं? तृषा की आँखों में उस दिन क्या था मुझे समझ नहीं आ रहा था लेकिन थोड़ा सोचने के बाद तृषा ने जवाब दिया कि— "ठीक है, लेकिन मैं ही तुम्हें कॉल करूँगी, तुम कभी सामने से कॉल नहीं करोगे वरना गए काम से हम दोनों ही।" बस ऐसे ही हमारी बात आगे बढ़ी नॉर्मल से कॉल पर।

तृषा ने एक समय तय कर लिया था मुझे कॉल करने का, रात 9:30 बजे, और वो जब भी कॉल करती थी इसी समय पर किया करती थी और मैं भी मम्मी का

कीपैड फ़ोन अपने पास में ही लेकर रखता था, वो सांप-सीढ़ी वाला गेम खेलने के बहाने से। तृषा भी मुझे अपनी मम्मी के फ़ोन से ही कॉल किया करती थी। अब तृषा की नज़र में तो हम दोनों बस एक दूसरे के अच्छे दोस्त ही थे, तो कॉल पर सिर्फ़ यही बात हुआ करती थी कि "आज जो संतोष सर ने पढ़ाया वो मुझे तो कुछ समझ नहीं आया और तुम्हें?" उधर से जवाब आता कि "मुझे तो सही से समझ आया", तो फिर मैं कहता कि "अगर समझ आ ही गया है तो मुझे भी समझा दो मैम।" मैं उसे चिढ़ाने के लिए हमेशा ऐसे ही मैम कहा करता था, और हमेशा यही कहता था कि मुझे किसी का पढ़ाया समझ नहीं आया ताकि हमारी बात कुछ देर तक और चल सके, वरना तृषा तो हमेशा ही कॉल कट करने की जल्दी में रहती थी।

बातों ही बातों में दिन बहुत जल्दी भागने लगे और देखते ही देखते हमारी रोज़ाना बात होने लगी। हम कॉल पर तो बात करते थे लेकिन जब सामने आते तो बात नहीं करते थे, अक्सर ऐसा होता है ज़िन्दगी में। कब हम 6th से लेकर 12th तक का सफ़र तय कर आए हम दोनों को ही पता नहीं चला। वैसे तो ये 6 साल का सफ़र सुनने में ऐसा लगता है जैसे किसी ने ज़िन्दगी की रफ़्तार को बढ़ा दिया हो, लेकिन हमारी इन 6 सालों में इतनी भी बात नहीं हुई थी कि मैं कहता कि "तृषा मेरी सबसे अच्छी दोस्त है।" हमारी हमेशा ही बस पढ़ाई को लेकर ही बनती थी और कभी-कभी तो मुझे ये लगता है कि अगर पढ़ाई न होती तो हमारी बात ही नहीं होती। न जाने कैसे मैंने हिम्मत करके उससे उसका नंबर

ले लिया था। इन 6 सालों में मैंने तो तृषा के लिए बहुत कुछ महसूस किया लेकिन तृषा सिर्फ़ पढ़ाई में लगी रहती थी।

12th के फाइनल एग्जाम आ गए थे, इस बार बोर्ड्स थे तो सब बस पढ़ाई में ही लगे हुए थे और किसी ने तो एक्स्ट्रा क्लास जाना भी शुरू कर दिया था। तृषा मुझे उसी समय पर कॉल करके पढ़ाया करती थी, उस समय तो हमने पढ़ाई के अलावा कोई बात ही नहीं की, हाँ बस "खाना खाया या नहीं" इतना हम दोनों पूछ लिया करते थे एक दूसरे से। देखते ही देखते फाइनल एग्जाम के पेपर भी शुरू हो गए और उस वक़्त में हमारी कोई बात नहीं हुई। तृषा ने सामने से कॉल नहीं किया था और मुझे तो शुरुआत से ही मनाही थी कि मैं सामने से कॉल नहीं करूँगा, तो मैंने भी पेपर में उससे बात करने की कोशिश नहीं की। हाँ, जब पेपर देकर हम क्लासरूम से बाहर निकलते थे तो एक दूसरे को देखकर हल्का सा मुस्कुरा देते थे बस।

ऐसे करते-करते फाइनल एग्जाम के आखिरी पेपर का दिन आ गया था और मुझे लगा था कि तृषा सामने से आकर मुझसे बात करेगी और कुछ कहेगी। मैंने उसका इंतज़ार भी किया लेकिन मुझे वो कहीं नज़र नहीं आ रही थी। थोड़ी ही देर बाद मुझे रूही नज़र आई तो उसने सामने से आकर बात की और पेपर का पूछा कि "कैसा गया"? लेकिन मैं और मेरा दिल दोनों ही बस तृषा को ही खोज रहे थे। तो मैंने जवाब दिया कि "हाँ, ठीक ही रहा।" फिर रूही ने ही सोच-

समझकर पूछा कि "किसका इंतज़ार कर रहे हो, तृषा का?" मैंने कोई जवाब नहीं दिया तो रूही ने कहा कि "वो तो पेपर देकर कुछ देर पहले ही चली गई है।" मैंने कहा कि "मुझे तो वो दिखाई नहीं दी", तो रूही ने जवाब दिया कि "उसकी तबीयत कुछ ठीक नहीं थी तो उसने ऑफिस रूम में बैठकर एग्जाम दिया है और वहीं से वो अपने पापा के साथ निकल गई।"

मुझे पहले तो बहुत गुस्सा आया कि आज लास्ट डे था और वो मुझसे मिलकर भी नहीं गई, मुझे बताया तक नहीं कि तबीयत ठीक नहीं है, लेकिन थोड़ी ही देर में मैंने संभलते हुए खुद से कहा कि "हो सकता है दिमाग में न रहा हो, ज़्यादा तबीयत ख़राब होगी इसलिए निकल गई" और खुद को समझाते हुए मैंने कहा कि "अब तो एग्जाम खत्म हो गए हैं तो उसका कॉल आ ही जाएगा रात में तब उससे पूछूँगा।"

वो गाना तो आपने सुना ही होगा— “ज़िन्दगी एक सफ़र है सुहाना, यहाँ कल क्या हो किसने जाना”। मुझे यही गाना याद आया जब रात में 9:30 बजे एक अजीब बात हुई!

क्या करें क्या ना करें

एग्जाम के आख़िरी दिन जब तृषा मुझसे मिलकर नहीं गई तो मुझे बुरा लगा लेकिन मैं बस यही सोचकर खुश हो रहा था कि कोई बात नहीं रात को 9:30 बजे तो तृषा का कॉल आना ही है। क्योंकि एग्जाम ख़त्म हो गए थे और पूरे एग्जाम टाइम में हमने बात नहीं की थी, तो मुझे बस कॉल का इंतज़ार था कि कब रात हो और तृषा से मेरी बात हो पाए।

तो मैंने घर जाते ही सबसे पहले तो मम्मी के हाथ का बना आलू का पराठा खाया और बस बिस्तर पर जाकर लेट गया और बस रात होने का इंतज़ार करने लगा। अभी बस 4:30 ही बजे थे, बस यही सब सोचते हुए कब मेरी आँख लग गई मुझे पता ही नहीं चला। और जब मेरी आँख खुली तो मुझे ऐसा लग रहा था जैसे न जाने कब से मैंने अच्छे से नींद नहीं ली थी एग्जाम की वजह से और मुझे बहुत सुकून महसूस हो रहा था न जाने क्यों, और एकदम से मेरा ध्यान घड़ी पर गया जिसमें बड़ा काँटा 12 पर और छोटा काँटा 9 पर था।

मैं ये सोचकर खुश हो रहा था कि बस आधा घंटा और फिर तृषा से बात होगी लेकिन मैं उठते ही मम्मी के पास गया चिढ़ते हुए कि— "आपने मुझे उठाया क्यों नहीं? 9 बज रहे हैं।" मम्मी ने कहा— "मुझे लगा तू इतने दिन से सही से सोया नहीं है तो सोने दूँ, चल अब हाथ-मुँह धोकर खाना खा ले, तेरा मनपसंद खाना बनाया है।" मुझे समझ आ गया था लेकिन मैंने फिर भी पूछा कि "क्या बना है?" मम्मी ने कहा— "वही जिसे खाते हुए देख तेरे पापा तुझे कहते हैं कि क्या तू बिहारी है?" मैंने कहा— "अच्छा! दाल-चावल बने हैं, मैं बस अभी आया आप खाना लगा दो ना मेरी प्यारी माँ।"

माँ ने खाना लगा दिया था तभी मैंने गेम खेलने के लिए उनका मोबाइल ले लिया था और माँ सोने चली गई थीं। मैंने भी जल्दी से खाना खाया और बस कॉल का इंतज़ार करने लगा। 9:30 बजने में बस 5 मिनट ही रह गए थे। देखते ही देखते 9:30 भी बज गए लेकिन तृषा का कॉल अभी तक नहीं आया था। मुझे कुछ भी समझ नहीं आ रहा था कि तृषा ऐसा क्यों कर रही है, लेकिन जब 10 बजे तक भी तृषा का कॉल नहीं आया तो मैंने सोचा कि हो सकता है तबीयत ज़्यादा ख़राब हो इसलिए सो गई होगी नहीं तो उसका कॉल ज़रूर आता।

यही सोचते हुए मैं सो गया कि कल तो तृषा का कॉल आ ही जाएगा बस एक ही दिन की तो बात है, लेकिन तृषा का कॉल अगले दिन भी नहीं आया और मुझे कुछ भी समझ नहीं आ रहा था कि तृषा ऐसा क्यों कर रही है। कम से कम बात

तो करे ताकि पता चले कि हुआ क्या है। मुझे अजीब से ख़याल थे कि कहीं उसकी मम्मी या पापा को पता तो नहीं चल गया, पर फिर मुझे लगा कि अगर ऐसा होता तो वो ज़रूर मेरे घर पर बात करते। अगर ऐसा नहीं तो फिर क्या हो सकता है, घर में कोई गुज़र तो नहीं गया? मैं यही सब सोच रहा था बस लेकिन फिर भी कोई कारण मुझे समझ नहीं आ रहा था।

गर्मी की छुट्टियाँ भी लग गई थीं, मैं भी अपने दोस्तों के साथ खेलने में लग गया था तो मैं तृषा की बात को लेकर ज़्यादा सोच नहीं रहा था। पूरे दिन मुझे भले ही तृषा का ख़याल न आए लेकिन तृषा एक ऐसा समय मेरे लिए फिक्स कर गई थी जिसके होते ही मेरा ध्यान मम्मी के फ़ोन की तरफ जाता था और मैं बस वही सब सोचने लगता कि आख़िर क्या हुआ होगा, क्या बात होगी? मुझे एक इत्मीनान था कि कोई बात नहीं, तृषा रिजल्ट वाले दिन अपना रिजल्ट लेने तो ज़रूर आएगी तब तो उससे मिलना हो ही जाएगा।

पंद्रह दिन बाद ही रिजल्ट की तारीख़ थी और ये पंद्रह दिन मुझे सालों की तरह लग रहे थे। लेकिन दोस्तों के साथ खेलने जाना, फिर थक कर खाना खाकर सो जाना, ऐसे करते हुए पंद्रह दिन कब निकल गए मुझे पता ही नहीं चला। जिस दिन रिजल्ट था उस दिन मैं बहुत तैयार होकर गया और सोचकर गया कि तृषा से बात करूँगा और ये भी बता दूँगा कि मुझे उसके लिए क्या महसूस होता है, मेरे दिल में उसके लिए क्या है।

मैंने जैसा सोचा था वैसा ही हुआ, तृषा रिजल्ट वाले दिन स्कूल आई, लेकिन मैंने ये नहीं सोचा था कि वो अकेली नहीं होगी, उसके साथ उसके पापा भी होंगे। पहले तो बहुत देर तक मुझे तृषा दिखाई नहीं दी क्योंकि सभी आए थे तो बहुत भीड़ थी वहां और सब एक दूसरे से रिजल्ट पूछ रहे थे कि कितने परसेंटेज बने हैं। मैं भी अपना रिजल्ट लेने गया ऑफिस, तब मेरी नज़र गई तृषा पर जिसने व्हाइट टॉप और ब्लैक जींस पहना था और साथ में थे उसके पापा बिल्कुल डैशिंग लुक में। उन्हें देखते ही मेरे मन में ख़याल आया कि अगर इनको मेरा पता चला तो गए काम से बेटा!

तृषा ने अपने पापा से नज़र बचाते हुए मुझे देखा और हल्की सी मुस्कुराई आँखों से, मैंने भी ऐसा ही किया बस। मैं तो इतना कुछ सोचकर आया था कि बात करूँगा और अपने दिल की बात भी कह दूँगा लेकिन यहाँ तो बाज़ी ही उल्टी पड़ गई। दिल तो चाह रहा था कि जल्दी से उसके पास जाकर उससे बात करूँ लेकिन फिर ये हो न सका और इस स्थिति को देखकर मेरे मन में एक ही ख़याल आया और मेरा मन गा उठा कि—

"क्या करें क्या ना करें ये कैसी मुश्किल हाय, कोई तो बता दे इसका हल ओ मेरे भाई!"

चल दिए तुम कहाँ

जिस दिन तृषा अपना रिजल्ट लेने आई, उस दिन साथ में उसके पापा को देखकर तो मैं डर ही गया था कि कहीं उन्हें पता तो नहीं चल गया तृषा और मेरे बारे में। तृषा की नज़र में तो मैं सिर्फ़ एक दोस्त ही था, लेकिन अगर तृषा के पापा को ये भी पता चल गया होता, तो यक़ीनन वो मुझे देखते ही मारने को दौड़ते। लेकिन उस वक़्त ऐसा कुछ नहीं हुआ।

इस दुनिया में मोहब्बत करने के लिए एक शर्त है मेरे हिसाब से—कि लोगों की सोच और शहर को एक बराबर का नहीं होना चाहिए। अगर मोहब्बत है तो ये देख लो कि या तो शहर बड़ा हो ताकि आप अपनी दोस्ती वाली मोहब्बत से भी मिल पाएँ, या फिर लोगों की सोच बड़ी हो जो ये न सोचती हो कि एक लड़का और लड़की सिर्फ़ दोस्त नहीं हो सकते। तो हाँ, हम दोनों ही एक-दूसरे को देखकर हल्के से मुस्कुराए ज़रूर थे लेकिन अभी तक हमारी बात नहीं हो पाई थी। मुझे अब भी नहीं पता था कि आख़िर एक महीने से तृषा मुझसे बात क्यों नहीं कर रही है। आख़िरी पेपर के दिन भी उसके पापा ही उसे लेने आए थे और आज एक महीने बाद जब रिजल्ट आया है, तब भी तृषा के पापा उसके

साथ ही आए हैं। ऐसा लग रहा था जैसे चाँद पर कोई ग्रहण लग गया हो और सूतक ऐसा है कि मुझसे मिलने की मनाही है। मुझे कोई तरीक़ा नहीं सूझ रहा था कि आखिर तृषा से बात करूँ तो कैसे करूँ।

अचानक मुझे सामने से रूही आती दिखी तो मैं उससे मार्क्स पूछने के बहाने उसके पास गया और उसी से जाकर कहा कि— "रूही सुनो, जाकर मेरा एक काम तो कर दो।" रूही को पूरे 95% आए थे लेकिन फिर भी वो खुश नहीं थी। मैंने पूछ लिया कि "क्या हो गया?" तो कहने लगी— "ये 5% पता नहीं कहाँ चले गए।" मैं रूही की बात को इत्मीनान से सुन रहा था जिसके खुद के 85% बने थे, कि इन लड़कियों को ऊपर वाला ही समझ सकता है। मैंने फिर से रूही को याद दिलाया कि जाकर तृषा से पूछे कि आख़िर बात क्या है, वो मुझसे बात क्यों नहीं कर रही है। रूही ने कहा कि "अगर नहीं जाऊँगी तो?" तो मैंने भी कह दिया कि— "नहीं जाओगी तो मेरा श्राप है कि इस बार तो सिर्फ़ 5% कम हैं, लेकिन अब कॉलेज जाने की बारी है, अगर तुमने जाकर तृषा से बात नहीं की तो फिर तुम्हें तुम्हारा मनपसंद कॉलेज नहीं मिलेगा, याद रख लेना।"

न जाने उसको क्या सूझा कि जल्दी से दौड़कर तृषा के पास चली गई मेरी बात लेकर। मैं दूर खड़ा होकर देख रहा था कि दोनों बातें कर रही हैं और तृषा बार-बार मेरी तरफ़ देख रही थी। मुझे डर भी लग रहा था कि कहीं तृषा किसी बात को लेकर गुस्सा न हो जाए कि "अगर बात नहीं करनी है तो नहीं करनी,

क्यों परेशान कर रहे हो?" मैं ये सोच ही रहा था कि रूही एक कबूतर की तरह तृषा का पैग़ाम लेकर आई। मैंने जल्दी से पूछा कि बताओ उसने क्या कहा? रूही ने कहना शुरू किया— "उसकी तबीयत ठीक नहीं थी काफी दिनों से, आख़िरी पेपर के दिन से ही उसे टाइफाइड था और कुछ दिन बाद उसकी नानीजी भी गुज़र गई थीं। उसे राजस्थान जाना पड़ा था कई दिनों के लिए मम्मी के साथ, बस यही सब हो रहा था इसलिए वो तुमसे बात नहीं कर पाई थी बुद्धू!"

जैसे ही मैंने ये सब सुना, मैं मन ही मन खुद को कोसने लगा कि— "सृजन तू सच में बेवकूफ़ ही है, न जाने क्या-क्या सोच लिया था तूने और तृषा बेचारी इतने दिनों से परेशान थी और तुझे बस बात करने की पड़ी थी।"

"सुनो..." मैं ये सब सोच ही रहा था और एक जानी-पहचानी आवाज़ मेरे कानों में पड़ी। साइड में खड़ी तृषा मुझसे बात कर रही थी। उसके पापा, रूही के पापा से बात करने में व्यस्त थे तभी वो आ गई थी। उसने कहा— “सुनो सृजन, I am really sorry कि तुम मेरी वजह से परेशान हो रहे थे और मैं तुम्हें कॉल नहीं कर पाई। रूही ने तो तुम्हें अभी सब बता ही दिया होगा। मैं बस कहने आई थी कि आज रात को मैं कॉल करूँगी, फिर बात करते हैं। अभी पापा ने देख लिया तो गए काम से, बाय।”

वो बस बोलती गई और मैं खड़ा सिर्फ़ सुन रहा था। वो कब वहाँ से चली गई मुझे पता भी नहीं चला। लेकिन कहते हैं ना, हर लड़की अपने बालों और फूलों की सुगंध लेकर चलती है, तो उसकी मौजूदगी का एहसास मुझे भले ही न हुआ हो लेकिन मेरी नाक को तो हो ही गया था। मुझे बस उसके वो आख़िरी लफ़्ज़ याद थे— “आज रात को मैं कॉल करूँगी फिर बात करते हैं, अभी पापा ने देख लिया तो गए काम से, बाय।”

तो फिर बस, मैं अपना रिजल्ट अपने हाथों में दबाए वहाँ से घर चल दिया। घर जाकर देखा तो आज वही बना था खाने में जिसे देखकर पापा कहते हैं कि "क्या तू बिहारी है?" आज रिजल्ट का दिन था तो मम्मी ने मेरे लिए दाल-चावल बनाए थे और मुझे 85% आए हैं ये देखकर भी वो बहुत खुश हुई। मैंने भी जल्दी से खाना खाया और थोड़ी देर बाद चाय पीकर बिस्तर पर लेट गया। बस दिमाग़ में यही चल रहा था कि आज रात को तृषा कॉल करेगी और हमारी बात होगी। जो सोचकर मैं रिजल्ट लेने गया था कि उसे सब कुछ बता दूँगा कि मेरे दिल में उसके लिए क्या है, वैसा तो कुछ भी नहीं हुआ। लेकिन न जाने क्यों मुझे पूरा यक़ीन था कि उसके दिल में दोस्ती के सिवाय कुछ भी नहीं है। एक डर मुझे ये भी लग रहा था कि अगर मैंने अपने दिल की बात उससे कह दी तो कहीं ये दोस्ती ही न बिखर जाए।

मैं थोड़ा घबराया हुआ ज़रूर था लेकिन शिद्दत से मुझे तृषा के कॉल का इंतज़ार था। शाम के वक़्त मैं बाहर थोड़ा टहलने और अपने दोस्तों से मिलने के लिए निकल पड़ा। वैसे तो उस समय अचानक ही मेरे कुछ दोस्त बन गए थे एक पुराने यार की बदौलत, लेकिन मुझे क्या पता था कि दोस्ती भी हमेशा नहीं टिकती और सच्ची दोस्ती बड़ी मुश्किल से मिलती है। ख़ैर, उसके बारे में आगे बताऊँगा।

जब मैं अपने दोस्तों से मिलकर घर लौटा तो 9 बजने में कुछ ही देर थी और आज तृषा का कॉल भी आने वाला था 9:30 बजे। मैंने बस जल्दी से नहाकर खाना खाया और तब तक समय हो गया था तृषा के कॉल का। शाम को नहाने की आदत मुझे बहुत पहले से ही थी, ऐसा लगता था कि अगर नहा लूँगा तो नींद ज़्यादा अच्छी आएगी और ऐसा लगता था जैसे कोई बोझ उतारकर आया हूँ।

एकाएक मम्मी के फ़ोन की घंटी बजी। तब तक 10 बज गए थे और माँ-पापा दोनों सो गए थे। वैसे तो आधे घंटे लेट कॉल किया था तृषा ने, मैंने तो आस ही छोड़ दी थी लेकिन तृषा का कॉल आ गया। जैसे ही मैंने कॉल उठाया, उधर से रोने की आवाज़ आई। पहले तो मैं बहुत डर गया कि आख़िर क्या बात होगी। मैंने जैसे-तैसे तृषा को चुप कराया। मैंने कई बार उससे पूछने की कोशिश भी की कि आख़िर बात क्या है। पहले तो तृषा ने "कुछ नहीं हुआ" कहकर टाल दिया, लेकिन जब मैंने कहा कि— “मुझे तुमसे कुछ कहना है तृषा,” तो उसने तुरंत जवाब दिया, मेरे कुछ कहने से पहले ही— "मैं जानती हूँ सृजन कि तुम

क्या कहने वाले हो। यही ना कि तुम मुझसे नाराज़ हो? लेकिन तुम ही बताओ कि मैं क्या करती? इतनी सारी चीज़ें एक साथ हो रही थीं तो मुझे कुछ भी समझ नहीं आ रहा था कि क्या करूँ और क्या नहीं। मैंने सोचा था कि जैसे ही तबीयत सुधरेगी तुमसे बात करूँगी, लेकिन अगले ही दिन नानीजी चले गए और मैं राजस्थान निकल गई। तुम्हें पता है मुझे सबसे ज़्यादा प्यार उन्होंने ही किया था। मेरा दिल चाह रहा था कि तुमसे कॉल करके खूब रोऊँ, लेकिन मैं इस बीच कुछ भी कर सकने की हालत में नहीं थी। और आज जब तुम अपना रिजल्ट लेने आए थे तब मैं ये सोचकर आई थी कि तुमसे बात करके सब सही कर लूँगी, लेकिन वहाँ भी ज़्यादा बात नहीं हो पाई। इसलिए जब अभी कॉल किया तो बस रोना आ गया, I am Sorry।"

इतना सब कुछ तृषा ने एक ही बार में कह दिया था और मैं बस सुनता चला गया। पहले मुझे लगा कि तृषा मेरे दिल का हाल जानती है, लेकिन ऐसा नहीं था। लेकिन जो कुछ और जैसे भी तृषा ने मुझे अभी बताया था, उससे मुझे ये लगा कि शायद मैं तृषा के दिल का हाल जानता हूँ और हमारी दोस्ती सिर्फ़ दोस्ती नहीं है, शायद उससे भी कहीं बढ़कर है। ज़िन्दगी में जब भी कोई अपना हमें छोड़ देता है या दुनिया से चला जाता है, तो हम उसके बाद जिसे अपना मानते हैं, उसी से सबसे पहले बात करने को जी चाहता है।

तृषा की बातों से मुझे इतना तो समझ आ गया था कि मैं अपने दिल की बात उससे बिना डरे कह सकता हूँ और इसमें कम से कम अब दोस्ती टूटने का डर तो जा ही चुका था। मैंने फिर भी उस दिन उससे कुछ नहीं कहा और बस यही जवाब दिया कि— "तुम्हें कुछ समझाने की ज़रूरत नहीं है, मैं यहीं हूँ।" और एक बात ये भी कही, जो शायद मेरी जगह कोई और होता तो भी यही कहता कि— "जानता हूँ वो तुम्हें बहुत प्यार करती थीं, तो कम से कम अब और रोकर उन्हें दुःखी मत करो। तृषा देखो, अगर तुम ही टूट जाओगी तो माँ का ध्यान कौन रखेगा?"

बस इतना कहने के बाद ही तृषा नॉर्मल हो गई थी और हम बस आगे की बातें करने लगे कि "अब कॉलेज के लिए कहाँ अप्लाई करने का सोचा है और कौन से शहर में जाने की सोच रही हो?" तृषा ने कहा— "फिलहाल तो कुछ ज़्यादा सोचा नहीं है, लेकिन बस यही चाहती हूँ कि जहाँ भी जाऊँ तुम भी वहीं पर रहो, मेरे ही कॉलेज में। क्योंकि तुम तो जानते हो मुझे नए दोस्त बनाने में बहुत मेहनत करनी पड़ेगी और मैं किसी से ज़्यादा बात भी नहीं करती।" मैंने भी कह दिया कि— "हाँ, वैसे भी मेरे होते हुए तुम्हें नए दोस्त बनाने ही क्यों हैं, मैं हूँ ना।"

तृषा की हँसी मेरे कानों में पड़ी ये कहते हुए कि— "हाँ, तुम तो हो ही मेरे शाहरुख़ खान, जब देखो तब 'मैं हूँ ना' कहते रहते हो। अच्छा चलो अब मेरा छोड़ो और अपना बताओ कि तुम कहाँ जाने का सोच रहे हो?"

"मैं तो भाई बनारस जाने का सोच रहा हूँ। जा पाऊँगा या नहीं ये तो नहीं पता, लेकिन सोच तो सकता ही हूँ। और वैसे भी मेरा बड़ा मन है कि मैं बी.एच.यू. (B.H.U) में पढ़ाई करूँ और बनारस के घाट पर जाकर कुल्हड़ में चाय पिएँ। तुम तो जानती ही हो कि मुझे चाय कितनी पसंद है। चाय के लिए बनारस तो क्या असम भी जाया जा सकता है। और मैं तो कहता हूँ तृषा, तुम भी मेरे साथ बनारस ही चलो, मतलब उसके लिए फॉर्म तो डाल ही दो, फिर जो ऊपर वाला चाहे।"

तृषा ने कहा— “हाँ, वैसे आइडिया बुरा नहीं है। मेरी भी बड़ी इच्छा है कि मैं बनारस देखूँ और घाट पर जाकर घंटों बैठी रहूँ। तुम्हें पता है मुझे पानी की लहरों को सुनना बहुत अच्छा लगता है, शांति मिलती है, सुकून मिलता है। लेकिन देखते हैं क्या होता है। अच्छा चलो अभी मैं कॉल कट कर रही हूँ, 11 बजने आए हैं और सुनो सृजन, अपना ध्यान रखना, बाय।”

मैंने भी कहा कि— “ठीक है, तुम भी अपना ध्यान रखना।” और बाय बोलते ही मुझे लगा कि ‘चल दिए तुम कहाँ’, क्योंकि बस दिल चाह रहा था कि बात करता ही रहूँ। कॉल रखते ही मैंने जब अपना चेहरा आईने में देखा तो बिल्कुल खिला हुआ था, जैसे कोई जंग जीत कर आया हूँ। वैसे भी काफी समय बाद तृषा से मेरी बात हुई थी, वो भी पूरे 1 घंटे, इसलिए बहुत अच्छा लग रहा था।

मेरे लिए तो तृषा ही मेरी बनारस घाट थी, जिसके पास होने से मुझे सुकून मिलता था। शायद तृषा को भी ऐसा ही लगता होगा।

एक ख़ुशी इस बात की भी थी कि कल मेरा नया फ़ोन आने वाला था। पापा ने मुझसे कह रखा था कि जब स्कूल ख़त्म हो जाएँगे तब फ़ोन लेंगे, और आज शाम को ही पापा ने कहा था कि कल तेरे लिए फ़ोन देखने चलेंगे। और बस इन्हीं सुनहरे बनारसी सपनों को देखते हुए मैं सो गया।

बनारसी सपना

जब मैं सोकर अगले दिन उठा तो मुझे रात में देखा हुआ सपना याद आ रहा था कि कैसे मैं नया फ़ोन देखते ही खुश हो गया था। फिर हाथ में चाय का कुल्हड़ लेके बनारस घाट पर मैं चाय पी रहा था। दो सपने एक साथ चल रहे थे। कल ही रात तो मैंने तृषा से बनारस जाने की और घाट पर चाय पीने की बात की थी और ये भी बताया था कि नया फ़ोन आने वाला है। मैं ये सब सोच ही रहा था चाय पीते हुए और तभी मम्मी ने आवाज़ लगा दी।

"सृजन, जाकर अब नहा लो फिर खाना खा कर जो मन आए करना जाओ।" मैंने भी जल्दी से नहाकर खाना खाया और बस एक मूवी देखने बैठ गया। अब फ़िल्म देखकर भी ऐसा ही लगता था कि फ़िल्म की हीरोइन तृषा है और मैं हीरो, और जैसे ही कोई गाना बजने लगता तो बैकग्राउंड में ख़ुद को सोचना तो बहुत नॉर्मल सी बात थी। उस रोज़ शाहरुख़ ख़ान की फ़िल्म "मैं हूँ ना" बहुत बार टीवी पर दिखाई जाती थी, तो बस उसी का असर मुझ पर था। तो जब भी तृषा उदास होती किसी बात को लेकर तो मैं यही कहता था कि "तुम चिंता मत करो मैं हूँ ना।"

फ़िल्म देखकर बस मैं बिस्तर पर जाकर लेट गया और वही बनारस जाने के सुनहरे सपने देखने लगा। आज शाम तो वैसे भी पापा के साथ नया फ़ोन लेने जाना था तो मैं ये सोचकर भी खुश था कि अब तृषा से नए फ़ोन पर ही बात करूँगा।

शाम हुई और जैसे ही पापा घर आए मैंने सबसे पहले फ़ोन लेके आने की ज़िद लगा दी और फिर हम नया फ़ोन लेने गए। रास्ते भर मैं अलग-अलग बातें सोच रहा था कि अब तृषा से अच्छे से बात कर पाऊँगा। जब मैं और तृषा बनारस में एक साथ पढ़ रहे होंगे तो हम चाय पीने जाया करेंगे। बनारस जाने के बाद तो मैं उससे मिल भी सकता था वो भी बिना किसी डर के। बस यही सब सोचते हुए मैं और पापा मोबाइल वाले की दुकान पर पहुँच गए मेरा पहला फ़ोन खरीदने के लिए। बहुत सारे मोबाइल सामने रखे हुए थे और उस समय टच फ़ोन बहुत चल रहा था जिसे स्मार्टफ़ोन कहते थे, जिसमें कीपैड नहीं बस टच करने से ही फ़ोन चल पड़ता था। लेकिन फिर भी मानना पड़ेगा मम्मी के ज़माने के फ़ोन की बराबरी कोई नहीं कर सकता था।

सामने अलग-अलग कम्पनियों के मोबाइल फ़ोन रखे हुए थे। पूरा 1 घंटा लगाकर मैंने एक फ़ोन पर हाथ रखा और वो था Realme 6 Pro। बस फिर क्या, जल्दी से फ़ोन लेके हम घर पहुँचे और मैंने अपना पहला फोटो उससे लिया। कहते हैं ना कि कोई चीज़ जब तक आपको मिल नहीं जाती बस तभी

तक आपको वो चीज़ बहुत दूर लगती है और ऐसा भी लगता है कि वो कभी नहीं मिलेगी। लेकिन जब मिल जाती है तो आप बस कुछ देर खुश होकर बैठ जाते हो और मन में एक ही ख्याल आता है कि ऐसा भी कुछ ख़ास नहीं था कि मैं इतना इस चीज़ को लेकर परेशान हो रहा था और ज़िद कर रहा था। वो चीज़ जो कभी आपके लिए हीरे जितनी क़ीमती होती है वो मिलते ही पल भर में मामूली साबित हो जाती है। मुझे भी कुछ देर बाद ऐसा ही लग रहा था लेकिन यहाँ कारण कुछ और था।

मैं सोच रहा था कि अगर तृषा के पास भी फ़ोन आ जाता तो मैं सामने से उसे कॉल कर सकता था और हम नंबर एक्सचेंज कर लेते ताकि मम्मी के फ़ोन पर कॉल न आए और उसे भी कोई डर न रहे पकड़े जाने का। जब मैं ये सब सोच रहा था वक़्त करीब 8 बजे थे। पापा बाहर गए हुए थे और मम्मी बस रसोई के काम को समेट कर, रसोई की सफाई में लगी थीं तभी मम्मी के फ़ोन पर रिंग हुआ। पहले तो मुझे लगा तृषा ही है लेकिन फिर मैंने घड़ी में समय देखा तो मुझे लगा इस वक़्त वो कॉल नहीं कर सकती क्योंकि 6 सालों में भले ही मेरी और तृषा की बात ज़्यादा नहीं हुई लेकिन जब भी उसका कॉल आता था उसके दिए हुए टाइम पर ही आता था, न आगे न पीछे। बस एक ही बार उसका कॉल 10 बजे आया था और वो भी कल ही की बात थी।

पहले तो मैंने मम्मी को आवाज़ लगाई लेकिन जब मम्मी ने नहीं सुना तो मैंने ही कॉल उठाया और जैसे ही मैंने कॉल उठाया और आवाज़ सुनी तो मेरे मुँह से सबसे पहले यही निकला— "शुक्रिया भगवान्, अगर आज ये कॉल मम्मी ने उठाया होता तो मैं उठ जाता।"

कॉल पर तृषा थी और वो भी नए नंबर से। मैंने धीरे से फुसफुसाते हुए कहा— "तृषा ये तुम ही हो न?"

"हाँ।"

"अगर मम्मी ने ये कॉल उठाया होता तो हम दोनों गए होते काम से।"

"लेकिन ऐसा क्यों?"

"क्यों मतलब क्या?"

"अरे! मतलब हम दोनों तो सिर्फ़ दोस्त हैं न, तो मैं आंटी से कह देती कि बस कॉलेज एडमिशन का पूछना था।"

"अच्छा!" "हाँ।"

“और वो मुझे शक़ की नज़र से नहीं देखतीं कि बड़े कॉल आ रहे हैं लड़कियों के और वो भी उन्हीं के फ़ोन पर?”

“अच्छा अब ये सब छोड़ो और मेरी बात सुनो ध्यान से।”

“हाँ, बोलो।”

“ये मेरा पर्सनल नंबर है, मैंने भी आज नया फ़ोन ले लिया है ज़िद करके, तो अब तुम इसे सेव कर लो अपने मोबाइल में।”

“अच्छा ये तो इतनी अच्छी ख़ुशख़बरी दी तुमने। वैसे कौन-सा फ़ोन लिया है तुमने?”

“हाँ। Realme 6,”

“अरे वाह! तुम्हें पता है मैंने भी इसी कंपनी का मोबाइल फ़ोन लिया है। आज शाम को मैं और पापा गए थे तो हमने मेरे लिए Realme 6 Pro लिया है।”

“ओहो, भाई वाह! तुम तो Pro निकले शाहरुख़ ख़ान।”

“क्या तुम भी तृषा, मेरा मज़ाक बना रही हो न, जाओ फिर मैं नहीं करता तुमसे बात।”

“अरे! तुम तो गुस्सा ही हो गए। अच्छा सुनो वो 9:30 वाली टाइमिंग का मैं कुछ नहीं कर सकती लेकिन हम मैसेज पर तो बात कर ही सकते हैं और हाँ अब से तुम मुझे सामने से कॉल नहीं सही लेकिन मैसेज तो कर ही सकते हो।”

“हाँ, ये कही न तुमने कोई अच्छी बात। अच्छा सुनो मैं मम्मी के फ़ोन से तुम्हारा नंबर हटाकर अपने फ़ोन से कॉल कर रहा हूँ, तुम भी मेरा नंबर सेव कर लेना।”

“हाँ, ठीक है।” मैंने जल्दी से मम्मी के फ़ोन से तृषा का नंबर डिलीट किया जिसे मैंने 'सेल्वा' के नाम से सेव किया था। इसकी एक अलग कहानी है कि ये सेल्वा कौन है जिसका नाम देखकर किसी को शक़ नहीं होता और अगर 9:30 बजे फ़ोन मेरे पास नहीं भी है तो मम्मी फ़ोन लेकर मुझे दे जाती थीं। मैंने जल्दी से फिर अपने नए फ़ोन से तृषा को फ़ोन किया, उसका नंबर फिर से सेल्वा के नाम से सेव करके।

“हेलो।”

“हेलो, कौन?”

“मैं Pro बात कर रहा हूँ।”

“अच्छा, हाँ।”

“हाँ, मैंने तुम्हारा नंबर सेव कर लिया है तुम भी कर लेना।”

“किस नाम से?”

“उसी नाम से जिस पर कोई शक़ नहीं करता।”

“अच्छा, सेल्वा।”

“हाँ, अच्छा अब बताओ तुम क्या कह रही थीं?”

“हाँ, वैसे तो मुझे कुछ समझ नहीं आ रहा।”

“क्या हुआ और क्या समझ नहीं आ रहा?”

“यही कि हमारी इतने सालों में पढ़ाई के सिवाय कोई बात नहीं हुई और तुम तो अच्छे से जानते हो कि मैंने लड़कों से कभी ज़्यादा बात नहीं की या शायद मुझे ये आया ही नहीं।”

“हाँ, मैं जानता हूँ। लेकिन इसमें न समझ आने वाली क्या बात है तृषा?”

“यही कि जिसने कभी किसी से इतनी बात नहीं की वो तुम्हारे लिए इतना क्यों कर रही है? I mean देखो न फ़ोन आते ही सबसे पहले तुम्हें कॉल किया और नंबर शेयर किया। जबकि तुम जानते हो कि रूही मेरी कितनी अच्छी दोस्त है तो मैंने उसे कॉल क्यों नहीं किया?”

“तुम बेकार में इतना सोच रही हो तृषा। देखो रूही से तुम्हारी भले ही कितनी ही अच्छी दोस्ती हो लेकिन हम दोनों भी तो दोस्त हैं या शायद उससे बढ़कर हैं।”

“क्या कहा?”

“मेरा मतलब है कि तुम्हारी और मेरी बात ज़्यादा होती है भले ही पढ़ाई को लेकर ही क्यों न हो। शायद इसलिए तुम्हारे मन में सबसे पहला ध्यान मेरा आया। इसमें कुछ भी ग़लत नहीं है। देखो मुझे भी तो सेल्वा से ज़्यादा लगाव है लेकिन

वो लड़की नहीं है और तुम हो, हो सकता है न कि यहाँ पर वो इंग्लिश वाली फिलॉसफी हो।”

“कौन-सी वाली?”

“वही, Opposite Attracts वाली।”

“हाँ, वैसे तुम बात तो सही कह रहे हो। मैं ही शायद ज़्यादा सोच रही हूँ।”

“हाँ और वैसे भी ये कोई प्यार तो है नहीं, सही कहा न?” मैंने बस तृषा के दिल की बात जानने के लिए उससे पूछा।

“हाँ! हो ही नहीं सकता क्योंकि हमें मिले टाइम ही कितना हुआ है?”

“6 साल...” मैंने तृषा को चिढ़ाते हुए कहा।

“अरे! मेरा मतलब है कि हमारी इतनी बात नहीं हुई और मैंने ऐसा कभी नहीं सोचा तुम्हारे बारे में।”

“तो फिर किसी और के बारे में सोचा है?”

“नहीं सृजन। मेरा मतलब है कि मैंने कभी तुम्हें उस नज़र से नहीं देखा।”

“किस नज़र से?”

“तुम तो पीछे ही पड़ गए। मैंने तुम्हें हमेशा एक अच्छे दोस्त की नज़र से ही देखा है और तुम मेरे सबसे अच्छे दोस्त हो।”

“हाँ वो तो मैं हूँ ही, एक अच्छा दोस्त।”

“हाँ। कहीं तुमने तो कुछ और नहीं सोच लिया न मेरे बारे में?”

“अरे!” मैंने गला साफ़ करते हुए कहा “भला मैं ऐसा क्यों सोचने लगा और वैसे भी मुझे तुमसे प्यार कैसे हो सकता है?” मेरे मन में तो जैसे एक ख़ुशी की लहर दौड़ गई थी।

“अच्छा। पक्का न, कहीं प्यार-व्यार तो नहीं हो गया न तुम्हें?”

“किससे?”

“मुझसे और किससे बुद्धू!”

“कुछ भी। अब तुम पीछे पड़ गई हो, मेरे सवाल को मेरे ही पीछे लगा दिया।”

“अच्छा-अच्छा ठीक है। मैं तो ऐसे ही मज़ाक कर रही थी।”

“हाँ, फिर ठीक है।”

“हाँ, चलो अब कल बात करेंगे। मम्मी ने आवाज़ लगाई है, अपना ध्यान रखना।”

“हाँ वो ठीक है पर ध्यान मैं रखूँगा तो तुम क्या करोगी?”

“कुछ नहीं पागल, चलो बाय।”

“हाँ, तुम भी ध्यान रखना अपना, बाय।” हम दोनों ने ही हल्का-सा मुस्कुराते हुए कॉल कट कर दिया।

टूटे रिश्ते

मैंने कहा था न कि सच्ची दोस्ती बड़ी मुश्किल से मिलती है। कोई नहीं जानता किसी के अंतर्मन की बात को। फिर भी हम भरोसा करते हैं बिना सोचे। कोई हमारे लिए कभी छोटा सा काम भी कर दे तो हम उसकी महानता को मानने लगते हैं। लेकिन दोस्ती जैसे रिश्तों को भी बिखरने में देर नहीं लगती।

ये वो टूटे रिश्ते हैं जिन पर कभी बिना कुछ सोचे-समझे भरोसा किया गया। तृषा से मिले मुझे 6 साल हो गए थे लेकिन उन 6 सालों में भी मैंने क्या-क्या खो दिया था, ये तृषा नहीं जानती थी। मैं उसे इस बारे में शायद कभी बताने वाला नहीं था लेकिन उसने ही एक दिन कॉल पर ऐसी बात छेड़ दी कि न चाहते हुए भी मुझे उन टूटे रिश्तों के बारे में बात करनी पड़ी, जो कभी कहीं किसी मोड़ पर मेरी ज़िन्दगी का एक अनमोल हिस्सा थे। जो आज तृषा की ज़िन्दगी में सिर्फ़ किस्से जैसे आ रहे थे।

हमारी प्यार वाली बात के बाद तृषा का 2 दिन तक कॉल नहीं आया था। जिसके बारे में तृषा ने मुझे पहले ही बता दिया था कि वो घर के ही कुछ काम में लगी है तो कॉल पर बात नहीं कर पाएगी। लेकिन उन 2 दिनों में तृषा और मैंने मैसेज पर बात की थी। तब कई बार तृषा और मैंने दोनों ने कुछ अलग महसूस

किया था। तृषा ने कई बार ये भी पूछा था कि— "तुम अपने दोस्तों के बारे में कोई बात नहीं करते। क्या अब तुम्हारी उनसे बात नहीं होती और तुमने तो कभी भी खुलकर उनके बारे में मुझे कुछ बताया नहीं।"

तब तो मैंने ये कहकर टाल दिया कि "सेल्वा है तो सही और किसके बारे में बताऊँ तुम्हें? कभी मौका आएगा तो बताऊँगा। उससे पहले के दोस्तों के बारे में फ़िलहाल रहने देते हैं।"

आज 2 दिन बाद तृषा से कॉल पर बात हो रही थी मेरी। हम कितना भी कहकर किसी बात को टाल दें लेकिन ज़िन्दगी ने हर बात का एक समय तय किया हुआ है। इसलिए भले ही हमें आज ये लग रहा हो कि हमने एक बहुत बड़ी बात सहन करके दुनिया से छुपा ली है बिना किसी को जताए, लेकिन शायद उसका सही वक़्त नहीं आया है, बस तब तक के लिए ही वो एक राज़ है। वैसे तो कहा जाता है कि सब कुछ जान लेना भी दुःख का कारण बन सकता है।

पहले तो बात कॉलेज को लेकर ही हुई कि काउंसलिंग शुरू हो गई है तो हमें फॉर्म डाल देना चाहिए। जैसा कि तृषा और मैंने पहले ही सोच लिया था कि हम बनारस के लिए तो फॉर्म डालने ही वाले हैं। लेकिन फिर भी कुछ ऑप्शंस तो हम दोनों को रखने ही थे। मैंने तृषा से कहा कि तुम भोपाल के लिए देख लो, तुम्हें पास पड़ेगा अगर बनारस नहीं भी हुआ तो। तृषा विदिशा के ही पास एक

शहर से थी और हमारा स्कूल विदिशा में था। दोनों ने ही विदिशा में एक साथ तो पढ़ लिया था लेकिन अब बनारस जाने की बारी थी। तृषा ने खुद तो भोपाल के लिए फॉर्म डालने से मना कर दिया लेकिन मुझे कह दिया कि "तुम ज़रूर कर लेना याद से।" मैंने भी सोचा कि ठीक ही है, पास रहेगा तो ज़्यादा दिक्कत नहीं होगी लेकिन मेरा मन तो बनारस जाने को ही बार-बार दौड़ रहा था कि कब अगले दिन हम फॉर्म डालें और रिजल्ट आते ही हम बनारस चले जाएँ।

कुछ देर तक हम दोनों बस यही बातें करते रहे कि कहाँ के लिए फॉर्म भरा जा सकता है। मिलकर हम दोनों ने ऐसी कुछ जगहें निकाल भी लीं। इंदौर, भोपाल, दिल्ली—इन तीन जगहों को हमने मिलकर तय कर लिया। इसमें भी भोपाल सिर्फ़ मेरे लिए था और बनारस तो हमने सबसे पहले रखा था। तृषा कल रूही के साथ फॉर्म भरने जाने वाली थी और जब उसने मुझसे पूछा तो मैंने कह दिया कि पापा के साथ जाऊँगा या फिर सेल्वा के साथ, देखता हूँ।

तृषा ने कहा— “अच्छा ठीक है।”

“हाँ, ठीक है।”

“आज तो मैं जानकर ही रहूँगी कि आख़िर सेल्वा तुम्हारी लाइफ में कब आया और उससे पहले जो दोस्त थे तुम्हारे वो सब, उनका क्या हुआ जनाब?”

“अरे! अचानक तुम्हें ये बात कहाँ से याद आ गई?”

“अचानक नहीं याद आई। मैं तो कितने दिन से पूछ रही हूँ। तुम हो कि बताने का नाम ही नहीं लेते हो। देखो सृजन, कल तो हमें फॉर्म भरने जाना है वैसे भी और आज टाइम है तो आज बता ही दो तुम्हारे पुराने और नए दोस्तों के बारे में।”

“अच्छा ठीक भी है। लेकिन तुम होल्ड पर रहो मैं पानी पीकर आता हूँ।”

“हाँ ठीक है।”

पानी पीते-पीते मैं बस यही सोच रहा था कि अगर पुराने दोस्तों का किस्सा खुला तो 'पिया' के बारे में भी बताना पड़ेगा और मेरा दिल बिलकुल नहीं चाह रहा था कि जिसका ज़िक्र मैंने इतने टाइम से नहीं किया उसकी बात करूँ। लेकिन तृषा पिछले दो दिनों से मुझसे दोस्तों का पूछ रही थी और अगर आज टाल दिया तो कहीं गुस्सा होकर ही न बैठ जाए, मोहतरमा।

“हेलो।”

“हाँ सृजन, अब बताओ फिर।”

“अरे हाँ मेरी माँ, बता रहा हूँ साँस तो लेने दो। तो अब सुनो और अगर कुछ समझ न आए तो भी कुछ मत पूछना और एक और वार्निंग।”

“रुको ज़रा।”

“क्या हुआ अब?”

“ये वार्निंग कैसी?”

“मेरा मतलब था रिक्वेस्ट।”

“कहो।”

“यही कि जो मैं बताऊँगा उसके बाद तुम गुस्सा होकर या नाराज़ होकर चली मत जाना कि ऐसा क्यों किया, मुझे बताया क्यों नहीं?”

“हाँ, पक्का नहीं करूँगी गुस्सा। बताओ भी अब।”

“हाँ, तो हमको मिले 6 साल हो गए हैं लेकिन मेरी सबसे अच्छी बात उस टाइम भी तुमसे ही थी और थोड़ी बहुत बात रूही से तो थी ही। लेकिन अगर लड़के

दोस्तों की बात करूँ तो वो एक ही था और वो भी 10th में। तुम्हें याद है एक लड़का था 10th में हमारे साथ?"

"कौन? पहले नाम तो बताओ तभी तो समझूँगी किसकी बात कर रहे हो।"

"सॉरी। 'कीकू' याद है तुम्हें, थोड़ा सा वज़न में ज़्यादा था गोल-मोल सा लड़का!"

"अच्छा हाँ, याद है मुझे। वही न जो 10th में नया-नया आया था?"

"हाँ, वही कीकू। तो उसे मैं पहले से जानता था। लेकिन 6th में आते-आते उसने कहीं और ही एडमिशन ले लिया।"

"क्यों? मेरे डर से?"

"हाहा, अच्छा मज़ाक था।"

"हाँ जानती हूँ।"

“हाँ, तो जब उसने 10th में आकर फिर हमारे साथ वाले स्कूल में ही एडमिशन लिया तो उससे मेरी दोस्ती हो गई थी। उस बीच मेरी और तुम्हारी इतनी गहरी बात तो होती नहीं थी जितनी अब हो रही है। तो बता ही नहीं पाया। फिर उसने अपने पुराने स्कूल के दोस्तों से भी मुझे मिलवाया 10th में। अब जब मैं तुम्हें इन 6 सालों के पीछे चले गए दोस्तों के बारे में बता ही रहा हूँ तो 'पिया' के बारे में भी बताना पड़ेगा। क्योंकि सेल्वा का कनेक्शन तुम्हें वहीं से समझ में आएगा।”

“अब ये पिया कौन है? सच-सच बताओ कितनी लड़कियों से बात कर चुके हो और कब आ गई ये पिया कि मुझे पता ही नहीं चला?”

“अरे, तुम्हारे अलावा अब किसी लड़की से नहीं होती बात, रूही को छोड़कर, ठीक है। अब पिया की बात सुन लो, बता रहा हूँ। वैसे पिया को भी तुम बहुत पहले से जानती हो।”

“मैं जानती हूँ! वो भला कैसे? मैंने तो कभी ये नाम नहीं सुना।”

“तुम्हें अनामिका याद है, जो हमारे साथ ही थी और बिलकुल तुम्हारे पीछे ही बैठा करती थी?”

“हाँ याद है। लेकिन पिया का अनामिका से क्या लेना-देना सृजन?”

“बता रहा हूँ वो भी। तुम इतनी उतावली क्यों हो रही हो?”

“उतावली नहीं हो रही हूँ। बस ये सस्पेंसफुल स्टोरी लग रही है मुझे, तो जल्दी से बता दो।”

“हाँ तो अनामिका के घर का नाम है पिया और मुझे 8th से ही उसके लिए फीलिंग आई और ये सिलसिला 11th तक चला जब तक वो स्कूल से चली नहीं गई।”

“ओह, एक तरफ़ा प्यार था क्या?”

“हाँ, वैसे था तो ये एक तरफ़ा प्यार ही लेकिन उससे मेरी बात हुई थी 10th बोर्ड्स में सब्जेक्ट नोट्स को लेकर। उसी ने सामने से बात की थी।”

“पर तुम्हारे पास उसका नंबर कहाँ से आया?”

“उस टाइम मैं पापा का मोबाइल चला लिया करता था तो इंस्टाग्राम पर उसकी दीदी की प्रोफाइल से उसका मैसेज था। पहले तो मुझे लगा कि होगा कोई और, लेकिन पिया ही थी।”

“फिर क्या हुआ?”

“फिर मैंने उसे आख़िरी पेपर के पहले वाली रात को मैसेज पर ये कहा था कि अगले दिन मैं 'हाय' बोलने आऊँगा तुम्हें।”

“तो क्या वो तुमसे नहीं मिली?”

“मिली थी लेकिन उसने कुछ कहा ही नहीं और न ही मैंने। फिर मैंने सोचा कि घर जाकर मैसेज कर दूँगा कि क्या बात है। मैंने जैसे ही मैसेज भेजा तो मैसेज गया ही नहीं।”

“उसने तुम्हें ब्लॉक कर दिया होगा पागल।”

“बहुत शुक्रिया आपका। लेकिन मुझे ये सब उस टाइम नहीं पता था और अब पिया की स्टोरी को ज़रा ब्रेक देना पड़ेगा।”

"क्यों?"

"ताकि आप उन दोस्तों की कहानी भी सुन सकें तृषा जी, जिन दोस्तों से कीकू ने मुझे मिलवाया था और जो अब जा चुके हैं।"

"अच्छा हाँ, बताओ।"

"हाँ, तो कीकू ने मुझे उसके दो दोस्तों से मिलवाया था—वरुण और तुषार। दोनों ही कीकू के पुराने स्कूल के दोस्त थे तो मुझे भी कोई दिक्कत नहीं हुई मिलने में। हर रविवार को कीकू, वरुण और मैं, हम तीनों तुषार के यहाँ जाते थे खेलने, बस तभी मेरी तुषार से भी थोड़ी ज़्यादा अच्छी दोस्ती हो गई थी और पिया के बारे में भी तीनों को ही पता था। अब पिया की उसी दिन की बात से जब मैसेज नहीं जा रहा था पिया को..."

"हाँ।"

"हाँ, तो फिर उस दिन जब शाम में तुषार और मैं मिले तो मैंने उसे बताया ये सब कि क्या हुआ है। तो उसने मुझे बताया कि 'भाई आप ब्लॉक हो गए हैं'। पहले तो मुझे कुछ समझ नहीं आया कि इसका मतलब क्या होता है। लेकिन

फिर तुषार ने ही बताया कि उसने खुद से ब्लॉक किया है मतलब अब तुम उसे मैसेज नहीं कर सकते।"

"तुमने मुझे बताना ठीक नहीं समझा?"

"तृषा, तुम जानती हो मेरी और तुम्हारी बात बहुत कम थी और जितनी बार बात हुई थी वो सिर्फ़ पढाई को लेकर हुई थी। मुझे तो डर लगा रहता था कि तुमसे ऐसी बात कह दी तो कहीं तुम भी मुझसे बात करना बंद न कर दो।"

"हम्म, आगे बताओ।"

"मुझे कुछ समझ नहीं आ रहा था। जिसके लिए मैं कुछ फ़ील करता था वो इतनी ख़ुदग़र्ज़ हो सकती है, मैंने ये कभी नहीं सोचा था। उसने ऐसा क्यों किया इसका जवाब तो मुझे आज भी ठीक से पता नहीं है। लेकिन ये सुनने के बाद मुझे घर जाकर बहुत रोना आया। समझ नहीं आ रहा था क्या करूँ? बेकार से ख़याल आ रहे थे मुझे।"

"कैसे ख़याल?"

“यही कि आख़िर मैंने क्या ग़लत किया है और बस मर जाने को जी कर रहा था।”

“पागल हो गए हो क्या एक लड़की के पीछे? बिलकुल बकवास कर रहे हो।”

“नहीं मैं ठीक हूँ अभी। तुम्हें ही जानना था इसलिए बता रहा हूँ जो भी उस टाइम मुझे लगा।”

“पक्का ठीक हो न?”

“हाँ, सच्ची ठीक हूँ।”

“सुनो, अब रहने दो ये बातें।”

“नहीं अब निकल ही आई हैं तो ख़त्म करते हैं ताकि बाद में ये बात ही न हो।”

“ठीक है बताओ।”

"तुम्हें पता है, वो बस मेरे ख़याल थे। मैं कभी भी ऐसा नहीं करने वाला था इसलिए नहीं किया। लेकिन उस लम्हे ने मुझे दोस्ती को परखना सिखा दिया। एक सच्चा दोस्त मुझे दे दिया उसके बाद।"

"कैसे?"

"मैंने जब अपने मर जाने वाले ख़याल को तुषार से कहा तो कुछ ही दिनों में उन सभी ने मुझसे बात करना कम कर दिया। कहीं जाते थे तो मुझे नहीं बताते थे। जबकि इससे पहले हम चारों हर जगह साथ जाया करते थे। फिर धीरे-धीरे मैंने भी उन तीनों से किनारा कर लिया। वैसे भी तुषार मुझे अपने घर नहीं बुलाता था और जब कभी कहता भी था तो मैं ही मना कर देता था। बस फिर ये दोस्त मेरी ज़िन्दगी से मैंने हमेशा के लिए हटा दिए। मैं इन्हीं सब चीज़ों से गुज़र रहा था। तो यही थी उन पुराने दोस्तों की कहानी और एक तरफ़ा प्यार की भी।"

सेल्वा की कहानी

सेल्वा की कहानी जुड़ी हुई है पिया से और मेरे पुराने दोस्तों से। मैंने पुराने दोस्तों का और पिया का तो तृषा को बता दिया, जो कि सबसे मुश्किल था। अब बस सेल्वा ही था जिसका भाग बाकी था। ये सब बताते ही तृषा ने वो भी पूछ लिया।

"हाँ, समझ गई। लेकिन तुमने सेल्वा का नहीं बताया। हम सब साथ ही पढ़ते हैं लेकिन सांवल... मतलब सेल्वा तुम्हारे लिए इतना ज़रूरी कब से हो गया?"

"सेल्वा मेरे लिए हमेशा ख़ास है। वैसे भी तुम ही उसका ये नाम जानती हो जो मैंने उसके लिए रखा है। सब को तो बस 'सांवल' नाम ही पता है। मैंने बहुत सोच-समझकर उसे इस नाम से पुकारा था। तुम जानती हो सेल्वा का मतलब क्या होता है?"

"नहीं, मुझे तो ये किसी मूवी से लिया हुआ नाम लग रहा है।"

"हाँ सही हो, लेकिन सिर्फ़ मूवी से नहीं लिया। मैंने इसका मतलब भी देखा था तब जाकर मैंने उसे सेल्वा कहा।"

"और क्या मतलब है इसका?"

"सेल्वा मतलब 'ईश्वर की कृपा' और वो सच में मेरे लिए ऊपर वाले की कृपा ही है। मेरी 10th तक उससे कोई बात नहीं थी लेकिन पता नहीं क्यों अचानक ही मैंने उसे मैसेज किया और जब थोड़ी बात हुई तो ऐसा लगा जैसे उसे सब कुछ बता सकता हूँ और वो समझेगा भी। उसने सच में सब सुना और समझाया भी। जब मैंने उससे अपने मरने की बात की थी न, तो उसने मुझे बहुत डाँटा लेकिन छोड़कर नहीं गया, पीछे नहीं हटा ये सोचकर कि अगर इसे कुछ हो गया तो उस पर इल्ज़ाम न आ जाए। उसने उस वक़्त में मुझे जितना संभाला था शायद ही कोई कर पाता। उसका मेरी ज़िन्दगी में आना भी ऐसा ही था जैसे भगवान ख़ुद अपने बच्चे का ख़याल कर रहे हों।"

"सच में? फिर तो मैं मान गई कि सेल्वा ईश्वर की कृपा ही है।"

"हाँ, मानना तो होगा ही, आख़िर उसने मेरी जान बचाई है और उसने ही मुझे समझाया कि सच्ची दोस्ती क्या होती है। तुम्हें पता है तृषा, ज़िन्दगी की सबसे अच्छी और अतरंगी बात क्या है?"

"क्या?"

"यही कि ज़िन्दगी के सबसे बुरे लम्हे ही हमारे जीवन के सबसे सुनहरे लोगों को और सुनहरे पलों को जन्म देते हैं। अगर पिया इस किस्से में नहीं होती तो शायद दोस्ती किसे कहते हैं मुझे समझ नहीं आता।"

"हाँ सही कहा। सृजन, सेल्वा तो है ही लेकिन याद रखना मैं भी हूँ। तुम्हें ऐसी बातों को ज़्यादा सोचने की ज़रूरत नहीं है। अब बस कल जल्दी से फॉर्म भरते हैं और फिर बनारस जाने की तैयारी करते हैं।"

"अच्छा, वैसे तुम भी अजीब हो तृषा।"

"क्यों, मैंने क्या किया?"

"मतलब देखो न, 6 साल तक हम जुड़े रहे तब तुमने पढ़ाई के अलावा कोई बात नहीं की। अब जब स्कूल ख़त्म हो गए हैं और कॉलेज जाने का टाइम आ गया है तो इतनी बातें कर रही हो।"

"तो क्या तुम चाहते हो मैं बात न करूँ?"

"मैंने ऐसा तो नहीं कहा।"

"तो फिर कहना क्या चाहते हो?"

"मतलब देखो न, अब हम दोनों ही जानते हैं कि कोई भरोसा नहीं है कि हम दोनों का एडमिशन एक कॉलेज में होगा या नहीं। अगर हम दोनों अलग कॉलेज में गए तो?"

"तो कुछ नहीं।"

"कुछ नहीं मतलब... तुम्हें नहीं लगता कि हम दोनों को एक-दूसरे की आदत हो जाएगी?"

"तुम डर रहे हो, है न? लेकिन किस बात से?"

"हाँ थोड़ा सा। हम जिस तरह से एक-दूसरे से सब बता रहे हैं या शायद मैं ही कुछ ज़्यादा बता रहा हूँ। अगर कल को हम दोनों अलग कॉलेज में गए तो फिर तुम्हारे नए दोस्त होंगे और हमारी बात हो ही नहीं पाएगी।"

“तुम तो ऐसे बोल रहे हो जैसे कि तुम नए दोस्त नहीं बनाओगे। और वैसे भी सृजन, मुझे तो मेरा कम, तुम्हारा ज़्यादा लग रहा है।”

“क्या लग रहा है?”

“यही कि तुम नए दोस्त बनाकर मुझे भूल जाओगे।”

“ऐसा कुछ नहीं होने वाला तृषा।”

“मैं कैसे मान लूँ? वैसे भी तुम तो जानते ही हो कि मैं लड़कों से कम ही बात करती हूँ तो फिर नए दोस्त बनने का तो कोई चांस ही नहीं है। तुम से ही मेरी बात होती है, बहुत ख़ुशक़िस्मत हो।”

“हाहा, शुक्रिया आपका। लेकिन तुम मानो या न मानो, मैं तुम्हें नहीं भूलूँगा और रोज़ाना कॉल करूँगा। वैसे भी तुम मेरे लिए बहुत ख़ास हो।”

“अच्छा वो कैसे?”

“मेरा मतलब तुम और सांवल दोनों मेरे लिए बहुत ख़ास हो।”

"कोई और भी बात है क्या? बताओ-बताओ।" तृषा मुस्कुराते हुए पूछ रही थी या शायद मुझे चिढ़ा ही रही थी।

"नहीं ऐसी कोई बात नहीं है बस यही बात थी। अच्छा मैं कॉल रख रहा हूँ, 11:30 बज रहे हैं। 2 घंटे हो गए इस कहानी को कहने में।"

"अरे, सुनो तो।"

"हाँ बोलो।"

"बेटा अभी तो तुम टाल दो इस बात को लेकिन मैं कल फिर पूछूँगी याद रखना।" तृषा इतने प्यार से बोल रही थी कि दिल कर रहा था बता ही दूँ।

"हाँ, पर कोई बात है ही नहीं।"

"लड़कियों का सिक्स्थ सेंस (Sixth Sense) कभी ग़लत नहीं होता।"

"हाँ मेरी माँ, ठीक है। अब कल बात करेंगे, बाय।"

"बाय, सेल्वा।"

"ऐ सुनो! ये क्या बोला अभी?"

"कल बताऊँगी जब तुम बताओगे अपनी बात, बाय।"

और कॉल कट करके मोहतरमा चल दीं। मैं बस यही सोचता रहा कि आख़िर इसका मतलब क्या है? या बस ऐसे ही कहकर चल दी। मैं भी फिर बस सोने चल दिया ये सोचकर कि पूछा जायेगा कल ही, जो भी होगा फ़िलहाल सोते हैं क्योंकि 12 बजे के बाद फिर नींद नहीं आती।

ख़ुलासा

आज जब सोकर उठा था तो न जाने क्यों सबसे पहली बात जो मुझे ध्यान में आयी वो यही थी कि आख़िर तृषा ने मुझे 'सेल्वा' क्यों कहा होगा?

एक ख़याल तो ये भी आया कि कहीं कोई बात सेल्वा की ही तो नहीं तृषा के पास जिसका मुझे कुछ पता नहीं है। ये भी हो सकता है कि उसकी और सेल्वा की कोई बात हुई हो कभी। लेकिन अगर ऐसा होता भी तो सेल्वा मुझे ज़रूर बताता। आख़िर क्या हो सकता है?

इसी उधेड़बुन में लगा हुआ था मैं लेकिन फिर एक बहुत ज़रूरी काम भी याद आ गया कि आज तो काउंसलिंग फॉर्म भरने जाना है। मैं जल्दी से नहाकर तैयार हुआ और खाना खाकर बस पास ही एक भैया की दुकान थी जो कंप्यूटर का काम करते थे और यही सब काउंसलिंग के फॉर्म भी भरते थे। मुझे याद था कि पापा की इनसे पहचान है तो मेरा काम हो जाएगा और ज़्यादा समझाना नहीं पड़ेगा। मैं जल्दी से भैया की दुकान पर गया।

जैसे ही उन्होंने मुझे देखा तो देखते ही बोले कि “आओ सृजन, अंकल ने मुझे बता दिया था कि तुम आओगे। बैठो, बताओ कौन-सा फॉर्म भरना है।”

"भैया, वो काउंसलिंग का फॉर्म भरना है।"

"तुम्हें मालूम है न कि आजकल अच्छे परसेंट से ही कॉलेज मिलता है? अगर 80% भी हुए तो तुम्हारा एडमिशन हो जाएगा।"

"हाँ भैया, मुझे पता है और ये तो ज़्यादा अच्छी बात है क्योंकि मुझे तो 85% आए हैं। अब बस आप जल्दी से फॉर्म भर दीजिये मेरा।"

"चलो अच्छा है। बताओ अब कहाँ के लिए भरना है? कुछ सोचकर आए हो न?"

"हाँ भैया, सोचकर ही आया हूँ। वैसे तो चार जगहों के लिए भरना है लेकिन सबसे पहले बनारस के बी.एच.यू. (BHU) को रखना है।"

बनारस बोलते हुए मेरा चेहरा बहुत खिल उठा था और वहाँ बैठे हुए और लड़के मुझे ही देख रहे थे। शायद मन में वो ये भी सोच रहे थे कि बोल तो ऐसे रहा है जैसे सोचने और फॉर्म भरने से हो जाएगा।

"ठीक है बनारसी बाबू। सभी डॉक्यूमेंट्स लेके आए हो न?"

“हाँ वैसे तो मैं लेकर आया हूँ लेकिन फिर भी एक बार आप कन्फर्म कर लीजिये। मैं बोल रहा हूँ।”

“हाँ ठीक है, बोलो।”

“10th और 12th की मार्कशीट, कास्ट सर्टिफिकेट, टी.सी., मूल निवासी प्रमाण पत्र, इनकम सर्टिफिकेट, आधार कार्ड बस यही सब है न?”

“हाँ यही सब है लेकिन एक ज़रूरी चीज़ है जो तुम भूल गए।”

“क्या?”

“तुम ख़ुद।”

“मतलब?”

“मतलब तुम्हारी फ़ोटो बनारसी बाबू।”

“अरे हाँ, ठीक है मैं ले आता हूँ।”

"नहीं रहने दो। हम यहीं क्लिक कर लेंगे। वैसे भी नयी वाली ही चाहिए होगी उसमें"

"ठीक है भैया।"

"हाँ। चलो अब तुम्हारा फॉर्म भरते हैं। तुम आराम से बैठो, इसमें थोड़ा टाइम लगेगा।"

मैं भी इत्मीनान से बैठ गया कि कुछ लगेगा तो भैया पूछ ही लेंगे। भैया ने सबसे पहले तो फ़ोटो वाला काम ही किया और फिर कुछ 15 मिनट बाद उन्होंने पूछा, "सृजन, बनारस का तो तुमने बता दिया और बाकी तीन का क्या?"

"बाकी इंदौर, भोपाल और दिल्ली भर दीजिये।"

"इन तीनों में भी किस कॉलेज में भरना है?"

"भैया वो तो मैं सोचकर नहीं आया। रुकिए ज़रा, हाँ इंदौर में आप देवी अहिल्या विश्वविद्यालय और होल्कर कॉलेज के लिए भर दीजिये और बाकी भोपाल, दिल्ली में जो भी बैचलर ऑफ़ आर्ट्स (हिंदी) के लिए अच्छे हों भर दीजिये।"

"भाई वाह तुम भी भले हो। पहले से भी तो कुछ पता करके आना चाहिए न। चलो बताओ मीडियम क्या रखना है।"

"क्या भैया आप भी! अभी बताया तो कि बैचलर ऑफ़ आर्ट्स (हिंदी) के लिए भरना है तो ज़ाहिर सी बात है कि हिंदी में ही होगा।"

"ओह सॉरी, मेरे ध्यान से निकल गया शायद।"

"कोई बात नहीं।"

"हाँ। वैसे विदिशा से तो भोपाल बहुत पास में है तो तुम भोपाल को सबसे पहले क्यों नहीं रख रहे हो?"

"आपकी बात बिलकुल सही है भैया।"

"तो फिर?"

"दरअसल बात ये है कि मेरा बनारस हिन्दू विश्वविद्यालय में पढ़ने का बहुत मन है और इसी बहाने बनारस भी हो आएंगे। आप भी सोच रहे होंगे न कि पढ़ने के समय में घूमने की बातें सूझ रही हैं।"

"नहीं। वैसे सही भी है इसी बहाने अंकल-आंटी का भी बनारस जाना हो जाएगा।"

"हाँ, मैंने भी बस इसीलिए कहा। मैं वहाँ रहूँगा तो आसानी भी होगी जगह देखने में मम्मी-पापा को।"

"हाँ, लो भाई बनारसी बाबू तुम्हारा फॉर्म भी भर गया है।"

"धन्यवाद भैया। वैसे इसका रिज़ल्ट कब तक आ जायेगा।"

"एक महीना तो मान के ही चलो लगभग।"

"ठीक है भैया और इसके पैसे कितने हुए।"

"छोड़ो भी। वो तुम्हारे पापा और मैं समझ लेंगे।"

"ठीक है फिर चलता हूँ।"

"हाँ।"

अब ऐसा ही होता है। अगर कोई पापा की पहचान का हो और पैसे की बात आए तो जानने वाला और पापा आपस में ही समझ लेते हैं। पिता हमारी न जाने कितनी ही चीज़ों का ऐसे ही बिना हमें पता लगे ख़याल करते हैं। भले ही वो उनकी ज़िम्मेदारी में आता हो लेकिन शायद वो ये सब करके अपने बेटे को एक अच्छा बाप कैसे बनते हैं उसकी शिक्षा दे रहे होते हैं। माँ भी कोई कम नहीं होती। मुझे आज भी वो दिन याद है जब 7th में पापा और मैं बाहरगाँव गए थे तो मैंने रात में मम्मी को ख़ूब याद किया और बहुत ज़िद की पापा से कि हम जल्दी से घर चलें। उस दिन ऐसा भी लगा था कि कैसे कोई अपने मम्मी-पापा से इतना दूर जाकर रह सकता है। अगर मुझे कभी ऐसे जाना हुआ तो मैं तो कभी ऐसा नहीं कर पाऊँगा।

फॉर्म भरने के बाद मैंने सबसे पहले पापा को ही फ़ोन किया और बताया कि मैंने फॉर्म भर दिया है और पैसे भैया ने नहीं लिए, आप बात कर लेना। पापा का उधर से जवाब आया, “ठीक है वो मैं देख लूँगा। तूने कुछ खाया कि नहीं अभी तक?”

“हाँ, मैंने खा लिया है। फॉर्म भरने जाने से पहले ही मम्मी ने बढ़िया खाना बना दिया था, तो खा लिया है।”

“अच्छा, ठीक है।” पापा ने मुस्कुराते हुए जवाब दिया।

"हाँ और आपने पक्का अभी तक नहीं खाया होगा।"

"खा लिया है बेटा जी। वैसे काउंसलिंग का रिज़ल्ट कब तक आ जाएगा तुम्हारा?"

"भैया ने तो एक महीने का बोला है। लेकिन मुझे लग रहा है कि उससे पहले ही आ जाएगा।"

"ठीक है, मैं कॉल रख रहा हूँ।"

"अरे सुनो तो!"

"हाँ, बोलो।"

"स्कूल से लौटते हुए आइसक्रीम ले आना, मन कर रहा है।"

"ठीक है, ले आऊंगा। रखता हूँ।"

मास्टर की हर चीज़ में मास्टरी होती है। लेकिन बेटे की ज़िद के आगे वो मास्टरी काम नहीं आती। मेरे पापा वैसे तो टीचर हैं लेकिन उनकी इस जॉब का मुझपर

कोई असर नहीं हुआ। टीचर का सुनते ही सब ऐसा सोचने लगते हैं कि बहुत स्ट्रिक्ट होंगे लेकिन वैसा भी नहीं था। वैसे तो पापा की और मेरी बात होती ही नहीं थी ज़्यादा, ऐसा नहीं है कि मेरी उनसे कोई लड़ाई चल रही थी लेकिन टीचिंग प्रोफ़ेशन ही ऐसा है कि सामने वाले को समय नहीं मिलता। वही सुबह 10 से 5 की नौकरी। बाकी वही खेलने में ही हम अपने घरवालों को भुला देते हैं। कोई ये बात सुनकर कहेगा ऐसा नहीं है लेकिन अपने बचपन के दिन याद करोगे तो समझ जाओगे। अब जब मेरे कॉलेज जाने का टाइम आया तो मेरी पापा से बात होने लगी थी। क्योंकि भले ही वो नहीं जता रहे थे लेकिन वो भी जानते ही थे कि जैसे ही काउंसलिंग का रिज़ल्ट आएगा तो फिर मुझे विदिशा से बाहर जाना होगा पढ़ने। पापा लोगों का ऐसा ही होता है न, वो जताते नहीं हैं लेकिन आप ध्यान से देखो तो आपको समझ आ ही जाएगा कि उन्हें आपसे कितना प्यार है।

पापा से बात करके मैं इत्मीनान से बिस्तर पर लेट गया। मैं पंखे की तरफ देखते हुए यही सोच रहा था कि मैंने फॉर्म भर दिया है और आज तो तृषा भी फॉर्म भरने गयी थी और उसने भी भर दिया होगा। किस कॉलेज के लिए उसने फॉर्म डाला होगा? भोपाल तो उसने पक्का है कि नहीं भरा होगा। बनारस के लिए तो उसने भर ही दिया होगा। हम दोनों का ही अगर बनारस के एक ही कॉलेज में हो गया तो कितना अच्छा रहेगा। रोज़ मिलना होगा और चाय पीने भी जाएंगे। घाट पर बैठेंगे घंटो तक।

इतने में ही फ़ोन की घंटी बज गयी जब मैं घंटो बैठने की बात सोच रहा था। ईश्वरीय कृपा बरसने लगी थी अचानक मुझ पर। "हेलो।"

"हाँ सेल्वा बोल।"

"फॉर्म भर दिया क्या तूने?"

"हाँ, भर दिया है।"

"तो बताया क्यों नहीं, मुझे भी तो भरना था।"

"अरे, तो तू लंका में रहता है। तू एक तो मेरे घर से इतना दूर रहता है और यहाँ आने में टाइम लगता तो मुझे लगा मैं ही भर देता हूँ और तेरे तो कितने जान-पहचान वाले हैं पास ही उधर। तो मुझे लगा तू भर देगा उधर से ही। इसलिए नहीं बताया मेरी जान।"

"लंका में रहता हूँ, श्रीलंका में नहीं कि आ नहीं सकता था। ऐसा बोल न कि तृषा के चक्कर में भाई को भूल गया है।"

"ऐसा नहीं है रे सेल्वा। चल तू अभी आजा इधर, वैसे भी माँ पूछ रही थी तेरा। आके फॉर्म भी भर देना और माँ से भी मिल लेना।"

"मज़ाक में बोल रहा हूँ रे और आंटी को बोलना थोड़े दिन में आता हूँ, मेरे लिए हलवा बनाए। बहुत दिन से मन कर रहा है।"

"रहने दे, मैं भी मज़ाक ही कर रहा था।"

"अच्छा वो छोड़ और ये बता तेरी तृषा से बात हुई कि नहीं एग्जाम बाद?"

"अरे वो तो कब से शुरू हो गयी है, तुझे बताना ही भूल गया।"

"और तृषा को बता दिया?"

"क्या?"

"यही कि तुझे उस पर क्रश (Crush) था।"

"था नहीं है और क्रश नहीं प्यार है। अभी तक उसे बताया नहीं है, बस पिया का और पुराने दोस्तों का बता दिया। बहुत ज़िद कर रही थी यार तो बताना ही पड़ा।"

"छोड़ न पुराने दोस्तों को।"

"हाँ ठीक है, बस जो बताया है उसे वही बता रहा हूँ। समझ नहीं आ रहा कि उसे ये कैसे बताऊँ कि मुझे उससे प्यार हो गया है।"

"तुझे लगता है कि तुझे उससे प्यार है?"

"हाँ, जब वो कॉल करती है तो दिल की धड़कन तेज़ हो जाती है और ये ज़ालिम दुनिया वाले कहते हैं कि दिल कुछ महसूस नहीं कर सकता।"

"ठीक है मेरे शायर लेकिन ध्यान से। मैं तुझे फिर से उस हाल में नहीं देख सकता। जैसा पिया के बाद हुआ था।"

"हाँ, अब सेंटी मत हो यार। वैसे भी वो एक तरफ़ा प्यार था।"

"और तुझे कैसे पता कि ये एक तरफ़ा नहीं, दो तरफ़ से है?"

"तुझे पता है सेल्वा..."

"नहीं, तभी तो पूछ रहा हूँ।"

"तू मज़ाक को ब्रेक दे तभी तो बताऊंगा।"

"हाँ बोल।"

"जब वो बात करती है न तो ऐसा लगता है कि उसके दिल में भी कुछ है। तू ही सोच कोई इतनी रात को, वो भी एक लड़की किसी से 2 घंटे कॉल पर क्यों बात करेगी?"

"मुझे क्या पता।"

"शुक्रिया, मुझे नहीं बताना अब।"

"अरे बोल ना, ऐसे ही टांग खींच रहा हूँ तेरी।"

"यार सेल्वा, मुझे लग रहा है कि उसके दिल में भी कुछ है मेरे लिए। अगर नहीं होता तो वो मेरे साथ बनारस जाने की बात पर राज़ी नहीं होती और तुझे पता है उसने भी उसी दिन फ़ोन लिया जिस दिन मैंने लिया।"

"अच्छा!"

"हाँ और नहीं तो क्या। मुझे लगता है तेरे बाद अगर मुझे किसी ने समझने की कोशिश की है तो वो तृषा ही है।"

"लेकिन तूने उसे बहुत कुछ बताया है, उसने नहीं। जब तक बातें दोनों तरफ़ से नहीं होतीं उसका कोई मतलब नहीं बनता। बनारस जाने के लिए वो इसलिए मान गयी क्योंकि उसका कोई वहाँ दोस्त नहीं होगा, बिलकुल अनजान होगी वो सबसे।"

"लेकिन रूही है तो।"

"नहीं, वो बनारस नहीं भोपाल जा रही है।"

"और ये बात तुझे कैसे पता?"

"मेरे ही घर के पास तो रहती है तो सुन लिया।"

"अच्छा बेटा। वैसे तुझे बता दूँ कि तेरे कान इतने भी तेज़ नहीं हुए कि तू किसी के घर अंदर तक की बात सुन ले और ना ही तू कोई जंगली बिल्ला है जो इतना सतर्क हो, तो फिर कैसे?"

"कहा तो, बस ऐसे ही बात करते हुए सुना मैंने।"

"ये तेरे फ़ोन में जो रिहान नाम का व्यक्ति है ये रूही है ना?"

"तुझे कैसे पता? मतलब नहीं तो!"

"मतलब अब ईश्वर की कृपा मेरे साथ नहीं है।"

"ऐसा भी नहीं है।"

"तो फिर बता।"

"हाँ जासूस, मेरी उससे बातचीत है बस। उसी ने बताया कि वो नहीं जा रही बनारस।"

"अच्छा सिर्फ़ बातचीत!"

"हाँ, अब तू मेरी टांग मत खींच। तृषा की बात कर और बात को घुमा मत।"

"हाँ ठीक है। वैसे ऐसा नहीं है कि सिर्फ़ मैं ही उसे मेरी बातें बता रहा हूँ। आज वो भी कुछ बताने वाली है।"

"अच्छा, वो क्या?"

"यही कि उसने मुझे 'सेल्वा' क्यों बोला।"

"सेल्वा!"

"हाँ यार, कल जब हमारी बात ख़त्म हुई तो मैंने उसे बोला कि वो मेरे लिए ख़ास है और मैंने बात को घुमा दिया।"

"फिर?"

"उसने 'बाय सेल्वा' ऐसा बोला। वैसे मैंने तेरा भी बताया उसे कि तू कैसे आया मेरी ज़िन्दगी में।"

“अच्छा और फिर तूने इस नाम का मतलब भी बताया ही होगा!”

“हाँ बताया था।”

“तो बस इसलिए उसने बोला तुझे सेल्वा मतलब ईश्वरीय कृपा। गधा है तू।”

“वो मुझे पता है।”

“क्या, कि तू गधा है?”

“तू पिटेगा मेरे हाथ से सेल्वा। मैंने ही नाम रखा है और ये पता है कि तृषा ने मुझे ईश्वर की कृपा समझा लेकिन बात ये है कि मैं कैसे सेल्वा हो सकता हूँ उसके लिए। मेरी उससे बात हो रही है वो ठीक है लेकिन अगर मैंने तुझे सेल्वा बोला है तो तू मेरे लिए बहुत मायने रखता है और बहुत सोच समझकर मैंने ये कहा है। मुझे लग रहा है कोई और बात भी है यार।”

“ऐसा उसने बोला क्या?”

“हाँ बोला है कि कल बता दूँगी मतलब आज, लेकिन वो ये तभी बताएगी जब मैं उसे ये बताऊंगा कि वो मेरे लिए ख़ास क्यों है?”

“तो फिर बता दे ना।”

“अगर दोस्ती टूट गयी तो? वो क्या सोचेगी मेरे बारे में कि पिया पर मुझे क्रश था और उसके भी पहले मुझे उस पर क्रश था और पिया के बाद अब मुझे उसके लिए कुछ लग रहा है।”

“ऐसा कुछ नहीं होगा सृजन। बता दे उसको। बाकी मैं देख लूँगा अगर कुछ हुआ तो।”

“कैसे यार?”

“अच्छा सुन तू रहने दे और बात को घुमा देना अभी के लिए। वैसे भी रूही से मेरी बात है तो मैं उसे ये बता दूँगा।”

“क्या?”

“यही कि तू तृषा को लेकर क्या सोचता है।”

“तू मरवाएगा यार।”

"अब बचाने वाला तुझे मरवाएगा, सही है।"

"मेरा वो मतलब नहीं था।"

"हाँ पता है। तू मत सोच ज़्यादा, रूही तृषा से कुछ नहीं कहेगी लेकिन वो उसकी अच्छी दोस्त है तो वो पता लगा लेगी कि उसके दिल में तेरे लिए क्या है।"

"तू सच में सेल्वा ही है। मैं ऐसे ही नहीं कहता। बहुत सही हल निकाला है। अच्छा अब ये सब छोड़ और ये बता कि फॉर्म का क्या कर रहा है?"

"कुछ भी नहीं, वो फॉर्म का तो मैंने ऐसे ही बोल दिया था।"

"क्यों?"

"मतलब पापा की दुकान सम्भालूँगा और कॉलेज तो मैं प्राइवेट ही करूँगा।"

"मतलब तू बनारस में मुझे अकेले छोड़ने का प्लान बना चुका है?"

"अकेले कैसे? तृषा है तो सही।"

“ठीक है ये तो तेरा अपना फ़ैसला है लेकिन घर तो आ जाना हलवा खाने।”

“हाँ वो तो मैं आ ही जाऊँगा। अभी रखता हूँ कॉल और हाँ तू चिंता मत कर मैं रूही से बात कर लूँगा, तृषा के बारे में। बस आज वो बात संभाल लेना कि वो तेरे लिए ख़ास क्यों और कैसे है?”

“जैसे रूही तेरे लिए ख़ास है।”

“रहने दे तू। मैं कोई बात नहीं करने वाला रूही से तृषा के मामले में।”

“तू तो रूठ ही गया। भगवान न करे कि किसी से ईश्वरीय कृपा रूठ जाए।”

“बहुत नौटंकी है तू। चल बाय, ध्यान रखना।”

“हाँ, तू भी मेरे सेल्वा। याद से रूही से बात कर लेना।”

“हाँ कर लूँगा, बाय।”

“बाय।”

सेल्वा ने भी बस फ़ोन रखा और चला गया। मैं बस यही सोच रहा था कि कहीं कोई गड़बड़ ही ना कर दे सेल्वा। लेकिन उसकी बात भी सही थी। एक रूही ही थी जो तृषा के दिल का पता लगा सकती थी कि उसके दिल मैं मेरे लिए कुछ है या नहीं। अगर तृषा को भी मुझसे प्यार हुआ तो इससे अच्छा कुछ हो नहीं सकता था और नहीं भी हुआ तो कम से कम ये दोस्ती तो बची रहेगी। कहते हैं कि अगर आपको प्यार हो जाए तो आप सामने वाले इंसान के साथ सिर्फ़ दोस्ती का निबाह नहीं कर सकते। लेकिन ऐसा तब होता है जब आप जिसे चाहते हैं उसके आपके अलावा भी कोई दोस्त हो और अगर सिर्फ़ आप ही वो एक दोस्त हैं तो दिल ये दोस्ती की मोहब्बत भी क़ुबूल कर लेता है।

ज़िन्दगी में इंसान मोहब्बत की चाहत करता है और वो भी वहाँ से जहाँ मुश्किलें होती हैं। सेल्वा से मेरी डेढ़ घंटे बात हुई थी और तब तक मेरी नींद गायब हो गई थी। बनारस के वो सपने कि तृषा और मैं एक साथ बैठे हैं वो बस सपने ही ना बनके रह जाएं, ऐसा मुझे लग रह था। सेल्वा ने मुझे सोच में डाल दिया था ये बोलकर कि आज मैं तृषा के 'ख़ास' होने वाली बात को घुमा दूँ। बस यही समझ नहीं आ रहा था कि क्या बहाना करूँ। आख़िर ऐसा क्या बोल दूँ कि तृषा मेरा यक़ीन करके अपनी बात बता दे कि मैं उसके लिए 'सेल्वा' क्यों हूँ।

कुछ देर में मम्मी ने चाय के लिए आवाज़ लगा दी और चाय पीकर मैं फिर से लेट गया। एक घंटे बाद पापा भी स्कूल से वापस आ गए थे मेरी पसंदीदा

चॉकलेट आइसक्रीम लेकर। बस टी.वी. देखते हुए मैंने आइसक्रीम खाई और पापा को फिर से याद भी दिला दिया कि फॉर्म के पैसे देने बाकी हैं। पापा ने भी हाँ में सिर हिलाया और बस फिर मैं मूवी देखने बैठ गया। 'रांझणा' (Raanjhanaa) मूवी आ रही थी और मूवी जैसे-जैसे एंडिंग की तरफ बढ़ रही थी मुझे तो डर लग आया। एक तो मूवी बनारस की ही थी और फिर लड़की को किसी और लड़के से प्यार था। कहीं तृषा का भी कुछ ऐसा ही ना हो। अगर ऐसा हुआ तो फिर तो दोस्त बनकर भी नहीं रह पाएंगे।

हमारी ज़िन्दगी भी एक फ़िल्म की तरह ही तो होती है। न जाने कितने क़िरदार होते हैं। कम से कम मूवी में पहले से तय होता है कि कौन किस तरह से अभिनय करेगा लेकिन ज़िन्दगी में कौन-सा क़िरदार कब आपको धोख़ा दे देगा कोई भरोसा नहीं। इसमें एक हीरोइन भी नहीं होती भले ही आप अपनी ज़िंदगी के हीरो ही क्यों न हो। जैसे-तैसे मूवी ख़त्म हुई और तब तक 8:30 बज गए थे। एक घंटे बाद तृषा का कॉल आना ही था तो मैंने भी जल्दी से खाना खाया और इंतज़ार करने लगा तृषा के कॉल का छत पर टहलने के बहाने से।

तृषा से आज क्या बात करूँगा, मैं बस यही सब सोच रहा था और टहलते हुए ही फ़ोन की रिंग बजी। तृषा का कॉल था। ऐसा लग रहा था जैसे कोई बात हो ही नहीं पाएगी उससे आज मेरी। दुनिया का कहना फ़िर एक बार मेरे सामने ग़लत साबित हो रहा था कि दिल कुछ महसूस नहीं कर सकता। मेरा दिल बहुत

ज़ोर से धड़क रहा था। ऐसा लग रहा था जैसे मेरे दिल पर मेरा ही काबू नहीं है। मैंने हिम्मत करके तृषा का कॉल उठाया और बोला— “हेलो।”

“हेलो सेल्वा।”

“मैं सृजन बात कर रहा हूँ।”

“हाँ लेकिन मेरे लिए तो तुम सेल्वा हो। वैसे ही जैसे सांवल तुम्हारे लिए है।”

“पर सांवल को मैंने सेल्वा क्यों बोला ये तो तुम जानती हो।”

“हाँ।”

“लेकिन मैं ये नहीं समझ पा रहा हूँ कि तुम मुझे सेल्वा क्यों बोल रही हो कल से ही।”

“बताऊँगी। लेकिन तुम्हें याद है ना?”

“क्या?”

"कि पहले तुम बताओगे मैं तुम्हारे लिए ख़ास क्यों हूँ?"

"इसमें क्या बताना है? कल ही तो मैंने कहा कि तुम और सेल्वा दोनों ही मेरे लिए ख़ास हो।"

"ठीक है, फिर मुझे कुछ नहीं बताना।"

"अरे! रुक भी जाओ, बेकार में ही ज़िद लगाई है जानने की। कभी-कभी कुछ बातें अनकही रहने देनी चाहिए।"

"शायरी ना करो, बताओ।"

"अच्छा ठीक है मेरी माँ, तुम तो जानकर ही मानोगी।"

"हाँ बताओ। वैसे भी तुम्हें भी तो जानने को मिलेगा कि तुम मेरे लिए सेल्वा क्यों हो?"

"हाँ वो तो है ही। वैसे तो 6th से तुम्हारी और मेरी बात हो रही है लेकिन फिर मुझे पिया पर क्रश आ गया था और उसने मुझे ही क्रश कर दिया। पिया के जाने के बाद सांवल ने संभाला तो वो मेरे लिए ख़ास बन गया। तुम्हारी और मेरी बात

12th में ही पढ़ाई से हटकर होने लगी थी। सेल्वा के बाद तुम पहली हो तृषा जिसने मुझे समझने की कोशिश की है और सच बताऊँ तो जितना मुझे सेल्वा ने संभाला है उतना ही तुमने भी। शायद लड़की होना भी एक करिश्मा ही है। जब कोई लड़की से धोख़ा खाकर आता है तो सच ये बिलकुल नहीं है कि उसे उस लड़की से नफ़रत हो जायेगी या किसी भी और लड़की से। सच तो ये है कि धोख़े के बाद भी एक लड़की ही उसे सही से संभाल सकती है। माँ को तो मैं बता नहीं सकता था इसलिए तुम्हें बताया और शायद बिना बताए भी तुमने मुझे संभाल लिया था। इसलिए तुम मेरे लिए ख़ास हो और सेल्वा भी। समझी?"

"हाँ।"

"क्या हुआ तृषा तुम ये रोने जैसी आवाज़ में क्यों बात कर रही हो? मैंने कोई इमोशनल बात नहीं की है इतनी भी और अगर किसी ने तुम्हें रोते देख लिया तो पंगा हो जाएगा।"

"मैं ठीक हूँ सृजन। बस यही सोच रही हूँ कि कोई मुझे भी इतनी अहमियत दे सकता है! हमने इतने सालों में पढ़ाई के अलावा कोई बात नहीं की फिर भी इतना मानते हो मुझे।"

"हाँ, क्योंकि सच तो ये है कि इंसान प्यार से ख़ुदको दूर नहीं रख सकता है। माफ़ करना मेरा मतलब फ़िक्र से था। जब कोई आपको सच्चा दोस्त माने और वो भी लड़की।"

"हाँ, वैसे भी तुमने ही मुझे ये एहसास दिलाया कि सब लड़के एक जैसे नहीं होते। किसी एक के चलते हम सब पर भरोसा करना नहीं छोड़ सकते।"

"हाँ लेकिन ये 'एक' कौन है?"

"तुमने भरोसा करके मुझे पिया के बारे में बताया है। इसलिए मैं भी नहीं छुपा रही। एक लड़का था विहान नाम का।"

"विहान! मुझे तो ऐसा कोई याद नहीं जो हमारे स्कूल में हमारे साथ पढ़ा हो।"

"मैंने कब कहा कि ये हमारे साथ पढ़ा है? ये मेरे ही शहर का लड़का है। पापा की कपड़े की दुकान है तो ये अक्सर वहीं आता था बस तभी मेरी इससे बात शुरू हुई।"

"अच्छा, मुझे तो लगता था कि तृषा किसी लड़के से बात ही नहीं करती है।"

"अगर तुम्हें पिया से प्यार हो सकता है तो क्या मैं किसी लड़के से बात भी नहीं कर सकती?"

"मैंने ऐसा तो नहीं कहा यार। अच्छा तुम आगे बताओ।"

"हाँ। बस फिर बाद में पता चला कि विहान के पापा और मेरे पापा अच्छे दोस्त हैं। तो कई बार पापा, मैं और मम्मी इनके घर खाने पर भी जाया करते थे। सबसे अच्छा तो ये था कि विहान और मेरी दोस्ती से किसी को दिक़्क़त भी नहीं थी।"

"वैसे कब मिलना हुआ था तुम्हारा विहान से?"

"10th में।"

"अच्छा फिर।"

"फिर बस धीरे-धीरे मुझे ऐसा लग रहा था जैसे मुझे विहान के लिए कुछ महसूस हो रहा है। लेकिन मैं हमेशा डरती थी कि कहीं हम दोनों की दोस्ती ना टूट जाए। मुझे ये पूरे 1 साल बाद लगा कि मुझे सच में उससे प्यार है। जिस तरह से वो मुझसे बात करता था मुझे लगता था उसके दिल में भी मेरे लिए कुछ ऐसा ही है।"

“तो क्या तुमने उसे कभी बताया नहीं?”

“ऐसा नहीं है। मुझे अपनी बात पूरी तो करने दो।”

“हाँ सॉरी, आगे बताओ।”

“11th में दिवाली पर शाम को पापा और मैं उसके घर गए थे। वो अच्छे से मिला और फिर पापा और अंकल बात कर रहे थे तो मैंने विहान से बात की और डरते हुए भी सब बता दिया जो भी मुझे उसके लिए लग रहा था। क्योंकि अगर नहीं बताती तो हो सकता था कि मैं उसके दिल की बात को अनसुना करती। बताने के बाद मुझे लगा था कि हमारी दोस्ती टूट जाएगी लेकिन फिर पता चला कि उसके दिल में भी यही सब था और वो भी यही सोच रहा था कि अगर बता दिया तो दोस्ती टूट जाएगी। धीरे-धीरे हम दोनों की बात रात में कॉल पर होने लगी।”

“जैसे हमारी हो रही है?”

“हाँ!”

“आगे बोलो।”

"पता नहीं क्या था यार सृजन। उसने मेरे प्यार को अपना भी लिया लेकिन फिर भी..."

"तुम्हें ऐसा लग रहा था जैसे वो तुमसे प्यार नहीं करता।"

"हाँ, ऐसा ही कुछ हुआ भी बाद में। एक महीने बाद उस गधे ने ये बोला कि उसे बस लगा कि उसे मुझसे प्यार है लेकिन उसका ये फ़ैसला ग़लत था। उसने बस इतना कहा कि वो दोस्ती भी नहीं रख सकता।"

"और भी कोई बात होगी शायद।"

"हाँ थी।"

"क्या?"

"बहुत अजीब सी बात है यार।"

"फिर भी बताओ तो।"

"उसने ये भी कहा कि उसकी एक दोस्त है 'दीया' और उसके लिए उसे कुछ फ़ील हो रहा है और ये बहुत स्ट्रांग फीलिंग है। मैं तुम्हें धोख़ा नहीं दे सकता यार और ना ही दीया को। इसलिए अच्छा यही है कि हम दोनों दोस्त भी ना रहे।"

"इसने उसमें ग़लत क्या किया? मतलब यार वो तुम्हारा दिल नहीं दुखाना चाहता था इसलिए उसने साफ़ बता दिया तुम्हें।"

"तुम्हें लगता है कि अगर यही बात होती तो मैं किसी के लिए ऐसा कहती कि किसी लड़के पर भरोसा नहीं कर सकती उसके बाद।"

"मुझे ऐसा नहीं लगता। तो फिर बात क्या है?"

"रूही को मैंने ये सब बताया था बाद में और मुझे उसने बताया कि उसका दीया के साथ 9th से ही कुछ चल रहा है और मैं उससे 10th में मिली। मैं ही पागल थी जो उस पर भरोसा कर रही थी।"

"ऐसा नहीं कहते तृषा। देखो ना, हम ज़िन्दगी में ऐसी चीज़ों से निकलते हैं तभी तो हमें समझ आता है कि सही क्या है और ग़लत क्या है।"

"हाँ तुम सही कह रहे हो।"

"हाँ, तो अब विहान और पिया के चैप्टर को यहीं बंद करते हैं।"

"हाँ।"

"तुम्हें, ये सब मुझे बताकर कैसा लग रहा है?"

"हल्का महसूस हो रहा है। रूही से भी मैंने इस बारे में इतनी खुलकर बात नहीं की थी इसलिए शायद बहुत कुछ भरा हुआ था अंदर।"

"जानकर मुझे भी अच्छा लगा कि तुम अब ठीक महसूस कर रही हो।"

"तुम सबसे अलग हो सृजन।"

"हाँ वो तो मैं जानता हूँ, आपका शुक्रिया। अब वो बात तो बता दो जिसके लिए ये दर्दनाक सा चैप्टर खोला था तुमने।"

"कौन-सी बात?"

"रहने दो।"

"अरे! तुम तो बुरा ही मान जाते हो छोटी-सी बात पर।"

"तो फिर बताओ कि तुमने मुझे सेल्वा क्यों बोला था?"

"देखो, तुमने विहान का तो सुन ही लिया। उसके जाने के बाद ना मुझे सच में किसी पर भरोसा नहीं होता था। तुमसे मेरी बात थी लेकिन वो तो बहुत पहले से ही थी इसलिए मैंने तुमसे बात करना बंद नहीं की।"

"ऐसा क्यों?"

"क्योंकि हमारी बात सिर्फ़ पढ़ाई को लेकर होती थी तो बात बंद करने का कोई मतलब नहीं बनता था। वैसे भी हमारी कम ही बात होती थी इसलिए।"

"अच्छा। फिर तो शुक्रिया है ऊपर वाले का कि हमारी ज़्यादा बात नहीं हुई थी उस टाइम नहीं तो तुम मुझसे भी बात बंद कर देती उस विहान के चक्कर में।"

"हाँ बात तो सही है यार। तुम जैसा अच्छा दोस्त गवा देती मैं।"

"किसी ने मेरी तारीफ़ की, शुक्रिया है।"

“बहुत जल्दी चढ़ जाते हो।”

“नहीं यार, कभी किसी ने ऐसा कहा नहीं मुझसे । तो अब कोई कहता है तो मान लेता हूँ।”

“हाँ। आगे सुनो।”

“हाँ बोलो।”

“12th आते-आते मेरी तुमसे अच्छी बात होने लगी थी। जब मैंने तुमसे सही से बात करना शुरू की तो मुझे समझ आया कि मैं बेकार ही सबसे रूठ कर बैठी हूँ। तुमसे बात की तो ऐसा लग रहा था जैसे मैं विहान वाले दुःख से बाहर आ रही हूँ। इसलिए फिर मैंने अच्छे से बात करना भी शुरू कर दी तुमसे पढ़ाई के अलावा भी। मुझे आज भी याद है जब तुमने पेन मांगने के बहाने से मुझसे बात की थी।”

“अच्छा! तुम्हें समझ आ गया था क्या?”

“हाँ और नहीं तो क्या। बच्ची थी बुद्धू नहीं।”

“जी तृषा मेम।”

“हाँ। जब तुमने तुम्हारे पुराने दोस्तों के बारे में बताया और सबसे ज़रूरी सांवल की बात बताई तो मुझे कुछ एहसास हुआ।”

“क्या?”

“यही कि जो तुम सांवल को कहते हो, मेरे लिए भी तुम वही हो।”

“सच में?”

“हाँ, मैं ऐसे ही नहीं कह रही। तुम ही एक ऐसे लड़के हो जो विहान के बाद मेरा भरोसा जीत पाए हो। मुझे तो लड़कों से डर लगने लगा था और गुस्सा भी आता था।”

“तभी तुम मुझसे इतनी अकड़ के बात किया करती थी, है ना?”

“फ़ोन से बाहर निकलकर कान पकड़ने का कोई फ़ीचर होता न, तो बताती तुम्हें।”

"सही है। तो अब से तुम मुझे सेल्वा ही कहने वाली हो क्या?"

"नहीं।"

"ऐसा क्यों? अभी तो तुमनें कहा था कि मैं तुम्हारे लिए सेल्वा हूँ।"

"हाँ लेकिन मैं कुछ और कहूँगी।"

"क्या?"

"आफ़रीन।"

"अब इसका मतलब भी बता दो।"

"मतलब 'बहुत अच्छा' और 'आशीर्वाद'।"

"और ये मेरे लिए कैसे हुआ?"

"वो ऐसे कि तुम मेरे लिए ऊपर वाले का आशीर्वाद ही हो और मुझे तुमसे बात करके हमेशा बहुत अच्छा ही लगता है।"

“बड़ा प्यार आ रहा है।”

“बड़े बेशर्म हो यार।”

“तुमने आफ़रीन नहीं कहा।”

“जी, बड़े बेशर्म हो यार आफ़रीन तुम।”

“मज़ाक कर रहा था बस। वैसे शुक्रिया यार तुमने मुझे इतना अच्छा नाम दे दिया है। सृजन भी बुरा नहीं है वैसे।”

“हाँ नहीं है लेकिन ये आफ़रीन नाम तो हमारी दोस्ती के लिए है। क्या तुम मुझे कुछ नाम नहीं दोगे?”

“भला मैं कोई नाम कैसे दूँ?”

“वैसे ही जैसे मैंने दिया है।”

“हाँ वो ठीक है। लेकिन तुमने कुछ महसूस किया और फिर तुमने मुझे वो नाम दिया ना दोस्ती वाला।”

"तो तुम्हें कुछ महसूस नहीं हो रहा है क्या?"

"हो रहा है लेकिन अभी सही वक़्त नहीं है।"

"क्यों? कहीं प्यार तो नहीं हो गया ना?"

"अब कौन बेशर्मी कर रहा है?"

"मज़ाक कर रही हूँ। आराम से सोचकर बताना कोई नाम।"

"हाँ ठीक है। अच्छा इन बातों में ज़रूरी बात तो रह ही गई यार।"

"कौन-सी बात?"

"फॉर्म वाली। तुमने काउंसलिंग का फॉर्म भरा या नहीं आज जाकर?"

"भर दिया है चिंता मत करो। इससे पहले तुम पूछो कि कहाँ के लिए भरा है तो मैं ही बता देती हूँ। इंदौर, बनारस और दिल्ली के लिए भर दिया है। तुमने भरा या नहीं?"

"मैंने भी भर दिया है और अच्छा किया तुमने पूछने के पहले ही बता दिया। मैंने भोपाल के लिए भी भरा है वैसे तो।"

"अच्छा किया, भोपाल पास ही में है।"

"हाँ लेकिन मैं चाहता हूँ कि बनारस में हो जाए तो अच्छा है।"

"हो जाएगा और नहीं भी हुआ तो मैं हो आउंगी।"

"ऐसा ना कहो यार, मुझे भी चलना है। साथ में बैठेंगे। तुम अकेली भी क्या करोगी वहाँ?"

"हाँ ठीक है। ऊपर वाले से प्रार्थना करो कि हम दोनों का बनारस में ही हो जाए।"

"हाँ यार, हो जाए बस।"

"हो जाएगा।"

"हाँ, तुम बताओ और क्या चल रहा है?"

"कुछ नहीं बस तुमसे बातचीत और उससे पहले बस खाना खाया है। तुमने खाया?"

"हाँ खा लिया था।"

"वैसे आफ़रीन। मेरे मन में एक बात है और मुझे तुमसे एक वादा भी चाहिए।"

"ये अचानक वादा किसलिए और कैसा वादा?"

"तुम्हें मुझ पर भरोसा है?"

"हाँ बिलकुल है यार, कहो।"

"क्या हम कुछ टाइम के लिए बात करना बंद कर सकते हैं?"

"ऐसा क्यों? मैंने कुछ ग़लत कह दिया क्या?"

"नहीं आफ़रीन। बस एक बात है जो मेरे मन में है कब से और बस ऐसा है या नहीं इसको जानने के लिए कुछ टाइम बात नहीं करते हैं और तब तक काउंसलिंग के फॉर्म का रिज़ल्ट भी आ जाएगा। देखो मैं कहीं भी नहीं जा रही हूँ और तुम

वादा करो कि तुम इसके बारे में ज़्यादा नहीं सोचोगे और मुझे ग़लत नहीं समझोगे।"

"ठीक है तृषा। वादा है मेरा तुमसे कि ग़लत नहीं समझूँगा। मुझे तुम पर भरोसा है याद रखना और बस इस भरोसे को टूटने मत देना। अगर ऐसा हुआ तो फिर मैं किसी पर भरोसा नहीं कर पाऊँगा यार और मैं ये नहीं चाहता कि मैं अपनी सबसे अच्छी दोस्त को गवा दूँ।"

"ऐसा कभी नहीं होगा। बस कुछ टाइम के लिए बात बंद कर रहे हैं। फिर भी तुम्हें कुछ लगे तो उसी टाइम पर कॉल कर लेना। अपना ख़याल रखना।"

"तुम भी अपना ध्यान रखना। ज़्यादा कुछ सोचना मत और अगर तुम्हारी मन की बात का जवाब इस दूरी से मिलता है तो सही है। शायद मेरे मन में भी कोई बात है जिसका जवाब मुझे चाहिए। तुम्हें भी कुछ लगे तो कॉल कर लेना। मैं हूँ यहीं।"

"हाँ शाहरुख़ खान, पता है कि तुम हो। वैसे दिल नहीं चाह रहा कॉल रखने का।"

"तो मत रखो।"

"लेकिन टाइम देखा है तुमने?"

"ओह! फिर से वही समय हो गया, 11:30।"

"हाँ।"

"ठीक है फिर 1 महीने के लिए, बाय।"

"ऐसा लग रहा है ताना मार रहे हो।"

"नहीं यार। बस सोच रहा हूँ कि ये एक महीना कैसे निकलेगा?"

"आदत हो गई है क्या?"

"तुम्हें नहीं हुई?"

"हो तो गई है लेकिन सवाल का जवाब भी तो ज़रूरी है ना नहीं तो फिर से कोई ग़लती ना हो जाए।"

"कैसी ग़लती?"

"कुछ नहीं, 1 महीने के बाद ही बताऊँगी जो भी है।"

"हाँ ठीक है। लेकिन याद रखना कि कुछ भी हो जाए 1 महीना या 1 साल, मैं वहीं पर हूँ और मुझे कभी कोई शिकायत नहीं होगी, अगर तुम्हें आने में देर हुई तब भी"

"जानती हूँ। मैं याद रखूँगी। अब रखती हूँ कॉल। ध्यान रखना, बाय आफ़रीन।"

"बाय तृषा।"

इज़हार-ए-मोहब्बत

जिस दिन तृषा ने ये कहा था कि कुछ टाइम तक बात नहीं करते हैं, तब से लेकर अब तक 20 दिन बीत गए थे। इन 20 दिनों में मेरी तृषा से कोई बात नहीं हुई। तृषा ने भी आगे से कॉल नहीं किया और जब मेरे दिल ने चाहा उसे कॉल करना, तो मैं ये सोचकर रुक गया कि कहीं उसे ये ना लगे कि मैं उसे सोचने का वक़्त नहीं दे रहा हूँ।

तृषा और मुझे, हम दोनों को ही पता था कि हमारे दिमाग में वो क्या एक सवाल था जो चल रहा था। प्यार हमेशा के लिए आपको मिल जाए तो इससे अच्छी कोई बात नहीं है लेकिन ज़िन्दगी इम्तिहान लेती है। लेकिन उन चीज़ों से और लम्हों से गुज़रते वक़्त हमें ये पता नहीं होता है। हम अगर कुछ ग़लत कर बैठते हैं तो बस रह जाता है 'मलाल'। ये मलाल भी अजीब एहसास है, समझ नहीं आता कि सब कुछ तय करने के बाद भी क्यों ये एहसास हमें छोड़ता नहीं है। इश्क़ में सब पीछे रह जाता है लेकिन खुशियों के साथ या दुःख के साथ भी साए की तरह जो चलता है वो मलाल ही तो है। किसी को ना हासिल कर पाने का मलाल या किसी की बस ध्यान रखने की आदत से हमने ये तय कर लिया कि इससे बेहतर तो कोई नहीं। लेकिन बाद में जाकर पता चलता है कि सामने वाला तो सभी के साथ एक जैसा है। क्या आपकी ज़िंदगी में कभी आपको ऐसा

महसूस हुआ है कि आप किसी चीज़ को पहले नहीं रखते या Priority नहीं देते? अक्सर ऐसा मैंने महसूस किया है लेकिन तृषा को ना जाने क्यों मैंने सबसे पहले रखा हुआ था।

मैं शाम को बस छत पर टहल रहा था तभी कोई छत पर आया। वो सेल्वा था। बिन बताये आ जाने की आदत थी सेल्वा की । माँ ने भी उसे बहुत सर चढ़ा रखा था। ऐसा लगता था जैसे सेल्वा ही उनके लिए मुझसे पहले है।

"हाय तृषा।"

"तृषा? चश्मा लगने वाला है तुझे सेल्वा।"

"नहीं, मैं तो ऐसे ही टांग खींच रहा था।"

"अच्छा और अगर माँ ने सुन लिया ना तो वो टांग खींचेंगी नहीं, तोड़ देगी।"

"अच्छा वो सब छोड़, तेरी तृषा से बात हुई उस दिन के बाद?"

"नहीं यार। बस उसी रात कॉल आया था और उसने एक लड़के के बारे में बताया था, विहान।"

“इस नाम का कोई लड़का अपने साथ तो था नहीं, फिर कौन है?”

“था उसका अतीत, फ़िलहाल तो वो मेरी ही दोस्त है। हाँ उसने ये कहा था कि उसके दिमाग में कोई बात चल रही है और उस बात का सच समझने के लिए उसे कुछ टाइम चाहिए।”

“कैसी बात और कितना टाइम?”

“देख यार उसने बात तो नहीं बताई लेकिन 1 महीना लिया है, उसके बाद ही बात हो पाएगी।”

“तुझे कोई आईडिया है कि क्या बात हो सकती है?”

“हाँ। जिस तरह से हमारी बात हुई थी उससे तो ये लग रहा था कि वो इसी सोच में है कि उसे मुझसे प्यार है या सिर्फ़ ज़्यादा बात करने की वजह से लगाव हो गया है।”

“हाँ। मुझे भी ऐसा ही लग रहा है।”

“क्यों?”

"मैंने रूही से उसी दिन कह दिया था तेरे और तृषा के बीच जो भी चल रहा है।"

"फिर?"

"बस अभी कुछ दिन पहले रूही बता रही थी कि तृषा की तबीयत कुछ ठीक नहीं है।"

"और तू मुझे आज बता रहा है सेल्वा?" मैंने थोड़ा परेशान होते हुए जवाब दिया।

"पूरी बात तो सुन ले।"

"हाँ बोल।"

"अभी वो ठीक है लेकिन रूही बता रही थी कि उसने तेरे बारे में भी पूछा था।"

"क्या पूछा?"

"ले, तू रूही से ही बात कर ले वो सही से बता पाएगी। मैं कहीं कुछ बताना भूल ना जाऊँ।"

"कॉल कर उसे।" मुझे कुछ समझ नहीं आ रहा था कि आख़िर तृषा ने ऐसा क्यों पूछा था। वो मुझे अच्छी तरह से जानती है और जो भी बात करनी है वो सीधे मुझसे क्यों नहीं कर रही है।

"ले बात कर, रूही ने कॉल उठा लिया है।" सेल्वा बोला।

"हेलो रूही।"

"ओह, हाय सृजन।"

"बहुत टाइम से तुमसे बात ही नहीं हुई मेरी तो सोचा सेल्वा साथ ही है तो बात कर लेता हूँ। कैसी हो तुम?"

"मैं ठीक हूँ लेकिन पक्का यही बात है?"

"हाँ और क्या बात होगी।"

"तृषा के बारे में कुछ नहीं पूछना तुम्हें?"

"वैसे तो पूछना है लेकिन!"

"लेकिन क्या?"

"डर लग रहा है कि तुम कहीं कोई भयानक बात ही ना बता दो।"

"अरे नहीं यार।"

"अच्छा। तृषा की तबीयत कैसी है अब?"

"अभी तो बिलकुल ठीक है वो।"

"मेरे बारे में उसने कुछ पूछा क्या तुमसे?"

"हाँ। पूछ रही थी कि सृजन कैसा लड़का है?"

"तुमने क्या जवाब दिया?"

"यही कि कोई काम का नहीं है बहुत बेकार है।"

"रूही अगर तुम मुझे दिख गयी न तो गयी काम से।"

"अरे मज़ाक कर रही हूँ। मैंने तुम्हारी तारीफ़ ही की है और वैसे भी मैं तुम्हें जानती हूँ और सेल्वा ने भी बताया था मुझे कि तुम तृषा से प्यार करते हो।"

"हाँ, बहुत ज़्यादा यार। अब पता नहीं वो कौन-सी बात सोच रही है। 20 दिन से हमारी बात नहीं हुई है और अभी तो 10 दिन और बाकी हैं।"

"मैं बताऊँ वो क्या सोच रही है?"

"तुम्हें अगर मालूम है तो भगवान के लिए मुझे बता दो, मुझे तो कुछ समझ नहीं आ रहा है।"

"मुझे उससे बात करके और उसकी बातों से यही लगा कि उसे भी तुमसे प्यार है। बस कुछ तय नहीं कर पा रही है वो।"

"उसने तुमसे और क्या कहा है?"

"उसने कहा था कि वो तुम्हें खोना नहीं चाहती और हो सकता है कि उसके दिल में जो है वो प्यार नहीं सिर्फ़ लगाव हो। देखो सृजन तुम भी जानते हो कि उसकी ज़िन्दगी में अभी कोई नहीं है और जो विहान ने उसके साथ किया, उसके बाद उसके दिल में डर बैठ गया है। इसलिए वो बस थोड़ा टाइम ले रही है सोचने में और वो उसकी जगह सही भी है।"

"तुम सही कहती हो रूही। पर तुम तो मुझे जानती हो मैं उसका दिल कभी नहीं दुखाऊंगा। मैं बस उसे खुश देखना चाहता हूँ यार।"

"हाँ जानती हूँ। इसलिए मैंने तुम्हारा काम आसान कर दिया है।"

"क्या किया है तुमने?"

"मैंने तृषा से कहा कि सृजन तुम्हारे बारे में बहुत सोचता है। उसके जैसा दोस्त मिलना मुश्किल है। मुझे लगता है कि उसके दिल में तुम्हारे लिए कुछ है और अगर तुम भी ऐसा ही कुछ सोच रही हो तो उसे जाकर बता दो।"

"तुमने ये बात उससे कब की?"

"आज ही दिन में।"

"और तृषा ने क्या कहा इस पर?"

"वो डर रही थी कि कहीं तुम्हारे दिल में कुछ नहीं हुआ और उसने कह दिया तो ये दोस्ती भी टूट जाएगी। ये जानते हुए कि उसे तुमसे प्यार है तुम ये दोस्ती आगे नहीं बढ़ने दोगे। पर मैंने उसे समझा दिया है कि सृजन ऐसा लड़का बिलकुल नहीं है। वो इस बात से दोस्ती नहीं तोड़ेगा। हो सकता है कि उसे भी प्यार हो।"

"हाँ मुझे है और मैं बहुत ज़्यादा खुश हूँ कि उसके दिल में भी मैं ही हूँ। लेकिन अब तक उसका कॉल क्यों नहीं आया मुझे?"

"पहले किस टाइम पर आता था कॉल?"

"9:30 बजे रात में।"

"हाँ तो फिर आ जाएगा उसी टाइम पर। तुम ज़्यादा सोचो मत अब।"

"हाँ। तुम सच में बहुत अच्छी दोस्त हो रूही। अगर तुम नहीं होती तो शायद तृषा के दिल की बात बिना जाने ही मैं कुछ सोच बैठता। दिल से थैंक यू यार।"

“वो तो मैं हूँ ही अच्छी। थैंक यू की कोई बात नहीं है। मैं जानती हूँ कि तृषा के लिए तुम बेहतर हो और जबसे तुम्हारी उससे बात हो रही है तभी से विहान वाली बात को वो भूल चुकी है और मुस्कुराती भी रहती है।”

“मुझे इससे ज़्यादा कुछ नहीं चाहिए यार। बस वो खुश रहे उसी में मेरी भी ख़ुशी है।”

“हाँ, मैं ये बात जानती हूँ। चलो अब मैं कॉल रख रही हूँ, सेल्वा से कहना घर पहुँच कर बात करे।”

“ठीक है कह दूँगा, बाय।”

“बाय।”

रूही ने जैसे ही कॉल रखा, मैं सेल्वा के गले से जाकर लिपट गया। “क्या धमाका कर दिया रूही ने ऐसा यार?”

“कुछ नहीं यार।”

“तो रो क्यों रहा है?”

"ख़ुशी के आँसू हैं यार और रूही ने कहा है कि घर जाकर उसे कॉल कर लेना।"

"हाँ वो मैं कर लूँगा लेकिन पहले बात बता।"

"तृषा के दिल में भी वही है मेरे लिए जो मेरे दिल में उसके लिए है।"

"अरे वाह। लेकिन रूही ने मुझे तो बताया ही नहीं।"

"उसे भी तृषा से दिन में ही पता चला।"

"चल अच्छा है यार। बस अब तुम दोनों साथ हो जाओ और बनारस भी चले जाओ तो इससे अच्छा कुछ नहीं होगा।"

"हाँ यार। तेरे मुँह में घी-शक्कर। देखते हैं क्या होता है, रूही ने कहा है कि तृषा आज रात को ही मुझे कॉल करके बता देगी वैसे तो।"

"ठीक है फिर जैसा भी हो बता देना। चल अब नीचे चलकर हलवा तो खा लेते हैं।"

"हाँ। 7:30 बज रहे हैं खाना भी खा ही ले फिर जाना।"

"हाँ ठीक है, चल आजा।"

"हाँ।"

रूही से बात करके सुकून महसूस हो रहा था। इतना खुश मैं पहले कभी नहीं हुआ था। सेल्वा और मैंने खाना खाया फिर सेल्वा अपने घर निकल रहा था तो मैंने मम्मी से पूछा कि क्या मैं आज सेल्वा के यहाँ रुक सकता हूँ उसके घर पर। मम्मी ने तो हाँ कह दिया लेकिन उन्होंने कहा कि अपने पापा से भी पूछ लेना। पहले तो मुझे डर लग रहा था और मुझे यक़ीन भी था कि पापा सीधे ही मना कर देंगे लेकिन फिर मुझे एक बात याद आ गयी तो मैंने पापा से वही बात कह दी कि वैसे भी मैं कुछ टाइम में चला जाऊँगा और फिर सेल्वा से मिलना कितना कम होगा इसलिए मैं आज जाना चाहता हूँ। सेल्वा ने भी पापा को बोला और पहली बार पापा ने मुझे सेल्वा के यहाँ रात रुकने से मना नहीं किया।

मैंने भी अपना स्कूल बैग लिया, उसमें अपना लैपटॉप और कुछ ज़रूरी चीज़ें रख कर बैग तैयार कर लिया। मम्मी से सेल्वा के लिए हलवा पैक भी करवा लिया था ताकि रात में खा सकें। सेल्वा ने बाइक स्टार्ट की और पूछा, "वैसे तो तू कभी रात नहीं रुका मेरे यहाँ। आज ये इतना प्यार कैसे जाग गया हीरो?"

"तू बाइक चला, दिमाग नहीं।"

"अरे बताना, तृषा का चक्कर है ना?"

"हाँ वही है। अभी इतनी देर तेरे साथ छत पर टहल लिया ना और 9:30 पर तृषा का कॉल आएगा तो फिर ये नहीं बोल सकता कि मैं छत पर जा रहा हूँ।"

"तो इतने दिन कहाँ जाकर बात कर रहा था?"

"छत पर ही। लेकिन मम्मी मना नहीं करती थी जाने से और सो जाती थी। लेट खाना खाता हूँ रोज़ाना लेकिन आज तेरे साथ जल्दी खा लिया तो क्या बोलता उनसे। इसलिए तेरे साथ हो लिया।"

"सही है तेरा भी। वैसे थैंक यू बोलना तृषा को मेरी तरफ से।"

"वो क्यों?"

"उसकी वजह से ही तो तू मेरे साथ घर रुक रहा है आज। नहीं तो तू कभी नहीं रुकता।"

"ऐसा कुछ नहीं है रे। मैं कब से सोच ही रहा था और जो मैंने पापा से बोला वो झूठ नहीं था।"

“क्या?”

“यही कि बाद में तेरा और मेरा मिलना वैसे भी कम होगा इसलिए जा रहा हूँ।”

“रहने दे तू।”

“सच्ची रे, तू तो मेरे दिल का टुकड़ा है।”

“और तृषा क्या है?”

“वो मेरा बनारस है।”

“अच्छा। वो कैसे?”

“देख यार वैसे तो मेरा बड़ा मन है कि मैं बनारस जाऊँ और उसके साथ ही जाऊँ। लेकिन ऐसा नहीं भी हुआ ना तो कोई बात नहीं। बनारस की घाट पर बैठकर चाय पीने से जो सुकून मिलेगा ना वैसा ही सुकून उससे बात करके मुझे मिल जाता है। वो मेरे लिए मेरा बनारस है यार।”

"फिर तो सही है ना। तू बनारस मत जा, भोपाल या इंदौर चला जा ताकि दोनों को अलग-अलग जगह मिल जाए रहने के लिए। अगर वो बनारस में रही और तू भोपाल या इंदौर तो फिर दोनों बातें करके एक दूसरे के शहर को महसूस करना। कभी वो तुझे बनारस घुमा देगी, कभी तू उसे वो शहर घुमा लाना जहाँ तू होगा।"

"वैसे बात तो तेरी बिलकुल सही है सेल्वा। पर दुआ करना कि तृषा और मैं बनारस ही जाए साथ में।"

"हाँ, हो जाएगा चिंता मत कर।"

"वो भी यही कहती है।"

"चल अब उतर बाइक से और जाकर सामने वाली दुकान से दूध और दो पैकेट मैगी ले आ।"

"वो क्यों?"

"मैं तुझे अच्छे से जानता हूँ। रात में तू सोएगा नहीं और तुझे चाय लगेगी और मैं सोच रहा हूँ कि मैं भी आज नहीं सोऊंगा। बातें करेंगे, वैसे भी तू चला जाएगा थोड़े टाइम बाद।"

"हाँ। अब सेंटी मत हो लेकर आ रहा हूँ।"

"हाँ।"

दुकान से दूध और मैगी लेकर हम दोनों सेल्वा के यहाँ पहुँच गए। जैसे ही सेल्वा की मम्मी ने मुझे देखा, बहुत ज़ोर से उन्होंने डाँट लगायी कि इतना टाइम हो गया है आता ही नहीं है। कितनी बार मैंने सांवल से बोला भी था कि तुझे साथ लाए। लेकिन ये है कि सुनता ही नहीं है। मैंने कहा कि सेल्वा ने तो कहा था बस मेरा ही आना नहीं हो पा रहा था तो आज आ गया बस आपसे मिलने। सेल्वा के पापा बाहर गए थे टहलने वो भी लौट आए थे। आते ही उन्होंने जो सवाल किये वो सब वही थे जो किसी भी दोस्त के पापा पूछते हैं बड़े ही स्वाभाविक तरीक़े से।

"कैसे हो सृजन?"

"मैं ठीक हूँ अंकल। आप कैसे हैं और दवाई टाइम पर खा रहे हैं आप या नहीं?" सेल्वा के पापा को शुगर थी।

"मैं भी ठीक हूँ बेटा और दवाई भी ले ही रहा हूँ। वैसे अब क्या कर रहे हो तुम?"

"मैंने बस काउंसलिंग का फॉर्म भरा है अंकल, बैचलर ऑफ़ आर्ट्स (हिंदी) के लिए।"

"अरे वाह ये तो बहुत अच्छा है। तो तुम भी टीचर ही बनोगे।"

"हाँ अंकल सोचा तो यही है।"

"अच्छा है बेटा। घर में सब ठीक है ना?"

"हाँ अंकल सब बढ़िया है, अब आप आराम कीजिये आपके भी सोने का टाइम हो रहा है। आज रात मैं यहीं रुका हूँ तो हम सुबह नाश्ता साथ में करेंगे।"

"हाँ ठीक है बेटा, गुड नाईट। ख़ूब आगे बढ़ो।"

"गुड नाईट अंकल।"

और जैसे ही अंकल ने कहा 'ख़ूब आगे बढ़ो' तो हम दोनों आगे बढ़ गए और सेल्वा के कमरे में चले गए। जो प्यार सेल्वा को मेरे घर से मिलता था, वैसा ही मुझे भी सेल्वा के घर जाकर महसूस होता था। मुझे लगता है कि रिश्तेदारों से ज़्यादा तो दोस्ती की कमाल होती है। इतना प्यार आपको रिश्तेदारी नहीं दे

सकती जितना कि आपको अपने दोस्त के घर से मिलता है। मुझे पता है जब मैं ये बात लिख रहा हूँ और आप पढ़ रहे हैं तो मैं अकेला नहीं हूँ जो ये महसूस कर सकता हूँ। आप जब अपने दोस्तों के घर के दिन को याद करेंगे तो आपको भी महसूस होगा। एक सच्चे दोस्त के घरवालों की आँखों में जो भरोसा होता है आपके लिए, उससे ख़ूबसूरत एहसास मैंने महसूस नहीं किया। जो आपसे रोज़ मिलता है अगर वो कुछ दिन बात न करे तो घर वाले भी पूछने लगते हैं कि उसकी तबीयत तो ठीक है ना।

हम सोचते हैं कि जब हम नए स्कूल में जाएंगे तो हमारे दोस्त कैसे बनेंगे। कॉलेज में जाएंगे तब क्या होगा, लेकिन उपरवाले ने सच्ची दोस्तियों की रूहों को या वाइब को पहले से ही मिला रखा होता है। तो हम जुड़ाव और लगाव महसूस करने लगते हैं। लड़कों की दोस्ती सबसे ख़ूबसूरत होती है। इस बात से तो लड़कियाँ ख़ुद भी इनकार नहीं कर सकतीं और ज़रूर ऐसा लड़कियों के मन में आता होगा कि काश हमारी दोस्तियाँ भी लड़को की तरह होतीं। माफ़ करना इधर-उधर निकल जाता हूँ।

कुछ देर तक आंटी हमारे साथ बैठी रही और फिर वो भी सोने चली गयी। तब तक 9:30 बज गए थे लेकिन तृषा का कॉल नहीं आया था। मैंने मोबाइल में देखा तो तृषा का मैसेज आया हुआ था। “आफ़रीन, मुझे मेरी उस बात का जवाब

मिल गया है। घर पर अभी मेहमान आए हुए हैं, पापा के कुछ दोस्त हैं। मैं 10:30 तक कॉल करूँगी बात करनी है तुमसे।"

"मैं भी सेल्वा के यहाँ आया हूँ। तुम्हारे कॉल का इंतज़ार करूँगा।" तृषा के मैसेज का जवाब देकर मैं लेट गया।

सेल्वा ने पूछा "तृषा का कॉल नहीं आया तुझे?"

"उसके यहाँ मेहमान आए हैं, मैसेज आ गया था उसका अभी। तो 10:30 तक कॉल करेगी वो।"

"अच्छा ठीक है।"

"हाँ, चल किचन में चलकर चाय तो बना लेते हैं।"

"हाँ चल। पर चाय तू बनाएगा।"

"हाँ ठीक है मैं ही बना दूँगा। तू बस खड़ा होकर बात कर लेना।"

"हाँ।"

"वैसे रूही को कॉल नहीं किया तूने?"

"नहीं, उसका भी मैसेज आया था। मम्मी के साथ कुछ काम में लगी है वो, तो कल ही बात होगी उससे।"

"वैसे मैंने मेरा और तृषा का तो बता दिया। लेकिन तेरे और रूही के बीच क्या चल रहा है?"

"बन तो ऐसे रहा है जैसे कुछ पता ही नहीं हो।"

"सच में नहीं पता यार, बता ना।"

"उसके दिल में मेरे लिए फीलिंग्स हैं यार।"

"तुम रोज़ बात करते हो यार, होगी ही वो तो। तेरी तरफ़ से कुछ नहीं है क्या ऐसा?"

"ऐसा भी नहीं है, मैंने भी उसे बोल दिया है कि मेरे दिल में भी है।"

"फिर दिक़्क़त कहाँ है?"

“कहीं भी नहीं।”

“तो फिर ऐसे रोते हुए मुँह से क्यों बता रहा है?”

“तेरे मज़े ले रहा हूँ। रूही और मेरा तो सब सही है यार। बस कुछ टाइम में वो भी भोपाल चली जाएगी, फिर कैसे होगा यही सब सोच रहा हूँ।”

“अरे सब हो जाएगा, तू चिंता मत कर। अगर मेरा बनारस नहीं हुआ ना तो मैं भोपाल ही जाऊँगा तो मुझसे मिलने के बहाने आ जाना तू भोपाल उससे मिलने के लिए।”

“तू ही मेरा सच्चा दोस्त है यार, मेरे लिए तू भोपाल जाएगा।”

“कुछ भी! मैं मेरे लिए जाऊँगा भोपाल। सुना है ना कि झीलों का शहर है वो तो बनारस ना सही, भोपाल ही चले जाएंगे।”

“जल्दी जा फिर।”

“हाँ चला जाऊँगा फिर याद करेगा, ले चाय पी।”

“कुछ नहीं होने वाला ऐसा। वैसे तृषा ने तेरा सही नाम रखा है।”

“तुझे कैसे पता?”

“रूही ने बताया यार, आफ़रीन। तू सच में ऐसा ही है।”

“ओहो, तारीफ़ वो भी तेरे मुँह से।”

“हाँ तो क्या, सच है इसलिए बोल रहा हूँ। तुझे पता है मैं पूरी दुनिया के सामने मुस्कुराता हुआ चेहरा लेके जा सकता हूँ, लेकिन उदासी सिर्फ़ तेरे सामने ही ज़ाहिर करता हूँ। इसलिए मेरी ज़िन्दगी में भी तू आफ़रीन ही है।”

“अरे वाह! ये तो बड़ी सही बात है लेकिन मैं तुझसे तो रोमांस की बातें नहीं कर सकता ना।”

“कर सकता है वैसे।”

“मुझे तेरे इरादे कुछ ठीक नहीं लग रहे!”

"अरे यार, मज़ाक कर रहा हूँ। देख ना फिर तू बनारस चला जाएगा तो किस से करूँगा मैं ये मज़ाक की बातें, इसलिए बस ऐसे ही।"

"जानता हूँ यार। सेल्वा पता नहीं यार एक अजीब सी घबराहट हो रही है जैसे कुछ ग़लत होने वाला है। दिल बहुत घबरा रहा है।"

"तू बैठ आराम से, कुछ नहीं होगा ऐसा। आज तृषा से दिल की बात बोलने वाला है इसलिए ऐसा लग रहा होगा। लेकिन तुझे तो अब पता है ना कि उसके दिल में भी तेरे लिए प्यार है।"

"हाँ पता है लेकिन फिर भी यार। तू सही कह रहा है दिल की बात करनी है इसलिए लग रहा होगा। चल आ बैठते हैं थोड़ी देर तब तक तृषा का कॉल भी आ जाएगा।"

"हाँ, तू चल मैं पानी लेके आया।"

"हाँ।"

ना जाने क्या हो रहा था मुझे। मुझे मेरे दिल का हाल भी पता था और तृषा के दिल का भी लेकिन एक अजीब सी घबराहट घर कर रही थी। शायद जब इज़हार-

ए-मोहब्बत का समय आता है तो ऐसा ही महसूस होता होगा। अजीब होते हैं हम इंसान भी, जब सबसे अज़ीज़ हमें मिलने वाला होता है तो डर जाते हैं और कभी-कभी कोई कितना ही करीबी हमें छोड़कर क्यों न चला जाए हम ऐसे उससे निकल आते हैं, जैसे क़यामत सर से गुज़र जाए और हमें फ़र्क़ ही न पड़े। मैं ये सब सोच ही रहा था और सेल्वा पानी लेके आ गया। “ले पानी पी ठंडा-सा और ज़्यादा सोच मत।”

“हाँ यार। अब नहीं सोच रहा।”

“ये लो आ गया आपके बनारस का कॉल।”

“क्या यार तू भी। चल मैं आया बात कर के।”

“हाँ-हाँ आराम से। देखता हूँ रूही फ्री हो गयी होगी तो बात करता हूँ।”

“ठीक है, मैं छत पर हूँ।”

“हाँ।”

मैंने छत पर जाते हुए ही तृषा से बात की, “हेलो तृषा। कैसी हो?”

"हाय आफ़रीन। मैं ठीक हूँ। तुम कैसे हो?"

"तुमसे बात हो रही है तो ठीक लग रहा है।"

"अच्छा है।"

"हाँ, वैसे 10 दिन पहले ही कॉल कर दिया तुमने, ऐसा क्यों?"

"क्योंकि जो मैं सोच रही थी उसका जवाब मिल गया मुझे। लेकिन ज़िन्दगी भी अजीब इम्तिहान लेती है।"

"क्या हुआ तृषा, सब ठीक तो है ना?" मैंने थोड़ा परेशान होते हुए पूछा।

"नहीं कुछ नहीं, सब ठीक है। वैसे तुम्हें जानना नहीं है कि वो एक बात क्या थी?"

"अरे जानना है ना, बताओ और हाँ मुझे भी मेरा जवाब मिल गया है बस तुम्हारा इंतज़ार कर रहा था।"

"अच्छा, फिर तो तुम पहले बताओ।"

"नहीं तुम्हें कसम है तुम्ही पहले इज़हार करोगी।"

"क्या कहा?"

"मेरा मतलब है तुम्ही पहले बताओ कि क्या बात है।" मैंने ख़ुद को और हालात को सँभालते हुए कहा।

तृषा ने पूछा "पहले मेरे एक सवाल का जवाब दो।"

"हाँ पूछो।"

"क्या तुम्हारे सवाल का जवाब मुझसे जुड़ा हुआ है?"

"हाँ जुड़ा है और मेरी ज़िन्दगी, सुकून सब इसी से जुड़ा है।"

"मेरा भी। क्या तुम प्यार करते हो मुझसे?"

"एक शर्त पर बताऊंगा, बोलो मंज़ूर है?"

"हाँ बोलो।"

"तुम दोस्ती नहीं तोड़ोगी।"

"ठीक है, अब बोलो भी।"

"हाँ बहुत प्यार है और अगर तुम्हें नहीं है तो कोई बात नहीं। मैं तुम्हें तंग नहीं करूँगा, तुम बस ये दोस्ती ना तोड़ना। मैं नहीं चाहता कि ये प्यार मेरी दोस्ती को तबाह करे।"

"मेरी बात तो सुन लो पहले।"

"हाँ।"

"जानते हो, मैं जिस सवाल का जवाब ढूँढ रही थी उसका जवाब क्या है?"

"मुझे कैसे मालूम होगा। तुम ही कहो।"

"सवाल भी तुम्ही थे और जवाब भी तुम्ही हो। तुमने मेरी ज़िन्दगी को एक नया मोड़ दे दिया है आफ़रीन। तुमने कैसे सोच लिया कि मैं तुमसे दोस्ती तोड़ दूँगी। मुझे भी तुमसे उतना ही प्यार है जितना तुम्हें है।" तृषा और मैं दोनों ही रोने लगे थे।

"तुम नहीं जानती तृषा। मैंने तुम्हें नहीं तुमने मुझे ज़िन्दगी दी है। मेरा सबसे बड़ा सुकून मुझे दे दिया है आज तुमने। तुम मेरे लिए क्या हो वो बस मेरी आँखें ही तुम्हें बता सकती हैं।"

"तुम भी मेरे लिए बहुत ज़रूरी हो। I Love You."

जैसे ही तृषा ने ये बोला, पेट में तितलियाँ उड़ने लगी थी और यक़ीन मानिये ये एहसास जब आपको हो जाए इज़हार सुनते और करते वक़्त तो वो झूठ नहीं हो सकता, कभी नहीं। जैसे इस लम्हें को मैं बस उसी समय पर रोक देना चाहता था। जी चाह रहा था कि कभी ये लम्हा आगे ही ना बढे। डर भी लग रहा था अजीब सा कि कहीं कुछ बिगड़ ना जाए। मैंने अपने दिल को साँभालते हुए जवाब दिया,

"I Love You Too."

"तुम्हें पता है तृषा, तुमने जो मुझे नाम दिया है उसका असली काम तो तुमने किया है। उसका सही मतलब तो मेरी ज़िन्दगी में तुमने शामिल किया है, अपने जवाब से। वैसे तो मैं इस लम्हें से बाहर नहीं निकलना चाहता, लेकिन फिर हम बनारस कैसे जाएंगे। इसलिए बनारस का सोचते हैं।"

"आफ़रीन, तुमने सच में मुझे भरोसा दिला दिया है कि सब एक जैसे नहीं होते हैं।"

"शुक्रिया मेरे प्यार को समझने के लिए और मुझे दिल से अपनाने के लिए, अपनी ज़िन्दगी का एक हिस्सा बनाने के लिए।"

"तुम हिस्सा नहीं हो, तुम ज़िन्दगी हो।"

"इतनी अहमियत! अच्छा ये बताओ तुम्हारी तबीयत कैसी है?"

"मैं बिलकुल ठीक हूँ। मुझे क्या होना है, मेरे हर मर्ज़ की दवा तुम जो मुझे मिल गए हो।"

"और तुम मेरा मर्ज़ हो।"

"पागल! अब ये बताओ कि तुमने मेरे लिए कोई नाम सोचा है या नहीं?"

"सोच लिया है।"

"फिर बताओ।"

"बनारस।"

"हाँ वो तो हम जाएंगे ही, तुम नाम तो बताओ।"

"बनारस हो तुम मेरे लिए।"

"वो कैसे?"

"बताता हूँ।"

"बनारस की घाट पर बैठकर या फिर लहरों को सुनकर जो मुझे सुकून मिलेगा, वैसी ही हो तुम। और इस एक नाम से पूरी ज़िन्दगी निकल सकती है। अस्सी घाट पर जाकर कुल्हड़ में चाय पीने पर जो ताज़गी का एहसास होगा, वो हो तुम। जब तक जीता रहूँगा तब तक सुकून हो तुम। जब चला भी जाऊँ तो अपनी आख़री सांस, बनारस के मणिकर्णिका घाट पर लूँ और वो लम्हा तुम्हारी बाँहों में। तुम मेरे लिए पूरा बनारस हो, जैसे ही हम वहाँ जायेंगे तो सब जगह घूमेंगे।"

"पूरा बनारस मुझे ही बना दिया है तुमने। लेकिन ये मरने की बात नहीं करो तुम और आगे भी कभी नहीं करना।"

“ठीक है नहीं करता, मेरी बनारस।”

“अच्छा सुनो।”

“हाँ।”

“कुछ ही दिनों में काउंसलिंग का रिज़ल्ट आ जाएगा। चाहे जो भी हो, अगर हममें से कोई एक बनारस नहीं भी जा पाया तो भी हम अलग नहीं होंगे। याद रखना।”

“हाँ। मैं जानता हूँ और बनारस नहीं तो मैं भोपाल चला जाऊँगा। क्योंकि तुम पर तो मुझे भरोसा है कि तुम्हारा बनारस के लिए हो जाएगा।”

“बिलकुल होगा और वो भी दोनों का।”

“ठीक है।”

“कल मैं विदिशा आ रही हूँ, तुमसे मिलकर बात करनी है। साथ में थोड़ा वक़्त बिताना है।”

“सच में!” मैंने ख़ुशी में थोड़ा ज़ोर से कहा।

“हाँ। तुमसे कुछ और भी कहना है, कल मिलकर ही कहूँगी।”

“ठीक है मिलकर कह देना पर तुम आओगी कैसे और घर पर क्या बोलोगी?”

“रूही का बहाना कर दूँगी और उसे भी बता दूँगी पहले ही ताकि बाद में कोई दिक़्क़त ना हो।”

“स्मार्ट हो तुम। ठीक है फिर आ जाओ, कल मिलकर आराम से बात करेंगे।”

“हाँ मिलते हैं।”

“वैसे कितनी बजे तक आ जाओगी और कहाँ मिलना है?”

“शाम 4 बजे आ जाउंगी।”

“इतना लेट, फिर तुम जाओगी कैसे?”

“रूही के यहाँ रुकने वाली हूँ कल क्योंकि पापा-मम्मी भोपाल जा रहे हैं और परसो ही आएंगे। शाम में वो विदिशा से होते हुए ही निकलेंगे तो मुझे रूही के घर पर ड्राप करेंगे”

“ये तो और भी अच्छा है।”

“हाँ वो तो है।”

“पर मिलना कहाँ है?”

“तुम विदिशा में रहते हो तो तुम्हें ज़्यादा पता होगा।”

“सोचने दो ज़रा।”

“हाँ, आराम से सोचो।”

“अच्छा सुनो, एक जगह है और शाम के हिसाब से तो एकदम सही है।”

“कौन-सी जगह?”

"रंगई घाट, शाम को हम घाट पर बैठेंगे और मंदिर भी है तो तुम्हें अच्छा लगेगा। रूही और सेल्वा को भी साथ ले लेंगे।"

"ठीक है। लेकिन रूही और सेल्वा भी साथ चलेंगे तो हम बात कैसे कर पाएंगे।"

"इतना मत सोचो। मैं सेल्वा को समझा दूँगा सब, पास ही कहीं कैफ़े में चले जाएंगे वो। सेल्वा समझदार है वो संभाल लेगा सब।"

"ठीक है फिर कल मिलते हैं। अभी कॉल रख रही हूँ, दिल नहीं चाह रहा पर बड़ी नींद आ रही है।"

"अच्छा ऐसा करो तुम कॉल मत रखो और सो जाओ। मैं अपने आप कॉल कट कर दूँगा।"

"ऐसा क्यों?"

"बस ऐसे ही दिल चाह रहा है।"

"ठीक है। सो रही हूँ, तुम ध्यान रखो। Love you."

"Love you too, गुड नाईट।"

"हाँ, गुड नाईट।"

थोड़ी देर बाद मैंने ख़ुद ही कॉल रख किया और कमरे में चला आया। देखा तो सेल्वा, रूही से बात कर रहा था। मैंने भी ज़्यादा तंग नहीं किया। पर थोड़ी ही देर में अचानक सेल्वा को याद आया तो उसने पूछ लिया, "क्या कहा तृषा ने?"

"कुछ नहीं यार।" मैंने तंग करते हुए कहा।

"बता ना, रूही भी पूछ रही है।"

"स्पीकर पर कर कॉल को।"

"हाँ, अब बोल।"

"थैंक यू रूही और सेल्वा तुझे भी। तृषा ने हाँ बोल दिया है।"

"अरे वाह! पार्टी तो बनती है इस बात पर।" रूही और सेल्वा साथ में बोले।

"हाँ बोला है यार, शादी नहीं हो रही है।"

"वो भी हो जाएगी।" रूही ने कहा।

"अच्छा ठीक है। सुनो रूही,"

"हाँ बोलो, आफ़रीन।"

"तुम भी ना यार। कल तृषा आ रही है और मैंने रंगई घाट मिलने का प्लान बनाया है। तुम दोनों भी साथ चल रहे हो। ठीक है ना सेल्वा!"

"अरे हम दोनों क्या करेंगे तुम्हारी बातों के बीच।" सेल्वा बोला।

"हाँ, तृषा का मैसेज तो आ गया था लेकिन सेल्वा सही कह रहा है, हम दोनों का क्या काम।" रूही ने कहा।

"तुम्हारे पास स्कूटी है रूही तो उसे साथ ले आना और मैं, सेल्वा के साथ आ जाऊँगा। वहाँ से तुम दोनों भले ही पास के किसी कैफ़े में चले जाना।"

“अच्छा ठीक है। मिलते है फिर कल। अभी मैं रख रही हूँ कॉल, बाय और ध्यान रखो दोनों ही।” रूही ने कॉल रख दिया था।

“क्या सोच रहा है, बनारस?”

“कुछ नहीं यार, ख़ुश हूँ बहुत। तृषा और मैं दोनों अब साथ हैं इससे ज़्यादा अच्छा क्या हो सकता है।”

“हाँ। चल पार्टी ना सही एक-एक चाय पी लेते हैं इसी बात पर।”

“इस टाइम पर, घड़ी देखना ज़रा!”

“12 ही तो बजे हैं यार।”

“चल ठीक है, बना लेते हैं। भूख भी लग आयी है तो तू बता मैगी खाएगा?”

“हाँ लेकिन तू बनाएगा।”

“ठीक है, तू चाय चढ़ा मैं मैगी बनाता हूँ।”

"और सुन, Cheese रखा है फ्रीज़ में, ले लियो वो भी।"

"ठीक है।"

सेल्वा ने चाय बनायी और मैंने मैगी बनाकर तैयार की। सेल्वा को मुझसे ज़्यादा भूख लगी थी तो इतनी जल्दी से उसने खाया है कि देखने लायक था। साथ में चाय पीते हुए हम दोनों गप्पे लड़ा रहे थे। सेल्वा बोला, "तो कल तू मिल रहा है उससे।"

"हाँ यार, मिल तो मैं रहा हूँ लेकिन वो अजीब सी घबराहट अभी भी दिल में हो रही है। ऐसा लग रहा है जैसे चैन ही नहीं पड़ रहा दिल को। पता नहीं क्या होने वाला है जो इसे पहले से पता चल गया है और बस बेचैन कर रहा है यार।"

"क्यों इतना परेशान हो रहा है यार, सब अच्छा ही होगा। कल अच्छे से मिलो दोनों और बैठकर बातें करो। सब सही होगा, कभी-कभी हम ऐसे ही बेचैन हो जाते हैं, बिना किसी कारण के भी। अच्छा ये बता, कल उससे मिल रहा है तो फिर क्या लेकर चलेगा साथ में?"

"तुझे लेकर चलूँगा और क्या।"

“मतलब उसके लिए कुछ स्पेशल सोचा है या नहीं?”

“मैं तो मोहब्बत में नया हूँ यार, तू ही कुछ बता ना।”

“एक अच्छा सा गुलदस्ता लेके चल।”

“हाँ वैसे आईडिया बुरा नहीं है, ये किया जा सकता है। एक लव लेटर भी लिख कर उसे दूँ तो कैसा रहेगा?”

“ये तो और अच्छा है, कोई इतना केयर करने वाला हो और मैसेज के ज़माने में हाथ से लिखा लव लेटर देदे तो लड़की के लिए इससे अच्छा तो कुछ हो ही नहीं सकता।”

“हाँ, मैं भी कुछ ऐसा ही सोच रहा था।”

“हाँ। वैसे अब मोहब्बत मिल गई है तो दोस्त को भूल तो नहीं जाएगा?”

“तू ही तो मेरी पहली मोहब्बत है मेरे यार, तुझे कैसे भूल सकता हूँ। इंसान एक बार को अपनी पत्नी को भूल जाए, पर अपनी पहली मोहब्बत को नहीं भुला सकता। समझे?”

"जी समझ गया। वैसे एक और काम तूने अच्छा किया है।"

"वो कौन-सा?"

"रूही और मुझे भी साथ ले चल रहा है। कब से हम दोनों भी मिले नहीं हैं।"

"हाँ मैंने सोचा दो लोगों को मिलाना बड़ा पुण्य का काम है तो कर रहा हूँ।"

"कभी तंग करना नहीं छोड़ेगा ना तू?"

"ना, इस जन्म में तो मुमकिन नहीं है यार।"

"एक और बात जो मुझे बतानी है जिसे सुनके तुझे बड़ी ख़ुशी होगी।"

"हाँ आज तो ख़ुशी का ही मौका है, बता जल्दी।"

"मैं भी भोपाल जा रहा हूँ, एक प्राइवेट कॉलेज में पढूंगा।"

"पर तू तो दुकान सँभालने वाला था!"

“हाँ, पर मैंने पापा को मना लिया है।”

“तूने रूही को बताई ये बात? वो बहुत ख़ुश होगी यार सुनकर।”

“कल मिलकर ही बताऊंगा, सामने से देखना है उसकी ख़ुशी मुझे।”

“मैं तुम दोनों के ही लिए बहुत ख़ुश हूँ यार। सब अच्छा हो रहा है, ज़िन्दगी कॉलेज के मोड़ पर है और खुशियाँ हमारे साथ चल रही हैं। बनारस में तृषा मेरे साथ होगी, पास होगी और भोपाल में रूही के पास भी तू होगा। दोनों ही दोस्त साथ में ज़िन्दगी में आगे बढ़ रहे हैं इससे ज़्यादा अच्छी बात कोई नहीं।”

“हाँ यार। कैसे ना हम ख़ुश है कि हम अलग और नई जगहों पर जाएंगे लेकिन दिल को पता है कि जब जाना पड़ेगा तो घरवालों से दूर रहा नहीं जाएगा। फिर बस त्योहारों पर आना-जाना होगा।”

“हाँ वो बात तो है लेकिन ये भी तो एक पड़ाव है न जिसे पार करना है। बचपन में हम मम्मी-पापा की ऊँगली पकड़ कर चलते हैं लेकिन जैसे ही चलना सीखते हैं वो ऊँगली छोड़ देते हैं, इसलिए क्योंकि वो जानते हैं अगर फिर से ऊँगली पकड़ी तो फिर ख़ुद से कभी नहीं चल पाएगा। वो इस लम्हें के लिए बचपन से ही तैयार हैं, वो तो बस हम हैं जिनकी आँखें देखकर उन्हें थोड़ा डर लगता है,

घबराहट होती है कि दूर कैसे रहेगा। लेकिन उन आँखों में भरोसा भी तो हमको ही लाना है ना।”

“हाँ, अंकल टीचर हैं तो तू भी कम नहीं है। भले ही मैं तेरे लिए सेल्वा हूँ लेकिन ज़िन्दगी जीने के तरीक़े तो तू ही बताता है और फिर होती है ईश्वर की कृपा। चल अब सोया जाए, बातें करते हुए 2 बज गए हैं। गुड नाईट।”

“हाँ, गुड नाईट। कल जल्दी बाज़ार जाकर स्टेशनरी से एक कार्ड लेना है नॉर्मल सा, नहीं तो दुकानदार देखेगा शक़ से। गुलदस्ता रस्ते में ही ले लेंगे जब रंगई घाट के लिए निकलेंगे।”

“हाँ ठीक है। अब सोजा बनारस के सपने देखते हुए।”

“हाँ।”

सेल्वा तो गुड नाईट बोलकर सो गया लेकिन मैं बनारस के सपने खुली आँखों से देख रहा था। जितने बड़े सपने होते हैं डर भी उतना ही होता है कि आँख खुलते ही सपना टूट ना जाए और कभी-कभी सपने देखते हुए हम सपनों में भी ख़ुद को समझा रहे होते है कि ये सपना नहीं हक़ीक़त है।

मैं ये सोचते हुए सो गया कि कल जब तृषा से मिलूँगा तो क्या-क्या कहूँगा उससे? कल लेटर में क्या लिखूँगा?

कमवक़्त

सेल्वा और मैं दोनों ही देर तक जागे थे और फिर जब सुबह आँख खुली तो 11 बज रहे थे। देखा तो सेल्वा अभी भी नींद में ही था। जल्दी से मैंने उसे उठाया क्योंकि आज तृषा आ रही थी विदिशा से।

“सेल्वा उठ जा यार।”

“हाँ उठ रहा हूँ, वैसे भी कहाँ ही जाना है।”

“तृषा आ रही है आज और अगर तुझे रूही से नहीं मिलना तो फिर सोजा।”

“मिलना है भाई लेकिन 4 बजे जाना है और अभी बस 11 बजे हैं यार।”

“स्टेशनरी भी जाना है यार, तृषा के लिए लेटर लिखना है मुझे। उठ जा।”

“हाँ, उठ गया बस। मम्मी से बोल दे चाय बना देंगी अपने लिए।”

“अच्छा ठीक है, तू फिर से मत सो जाना बस।”

“हाँ नहीं सो रहा, अब जा।”

मैं भी जल्दी से कमरे से निकलकर किचन में गया, आंटी अपने लिए चाय बना रही थीं। जाते ही मैंने कहा, “गुड मॉर्निंग आंटी, अंकल गए दुकान पर?”

“हाँ, कब से लेकिन टाइम देखा है! अभी गुड मॉर्निंग नहीं दोपहर होने आ रही है और सेल्वा भी अब तक सो रहा है क्या?”

“नहीं वो भी उठ गया है, अच्छा आप हम दोनों के लिए चाय बना दो ना। थोड़ा बाज़ार जाना है फिर। तब तक मैं तैयार हो रहा हूँ और एक बार सेल्वा को और जगा देना, मुझे पक्का पता है सो गया होगा फिर से।”

“अच्छा ठीक है, जाओ जल्दी से तैयार हो जाओ। पोहे भी बनाए हैं साथ में खा लेना।”

“हाँ, मैं बस आया तैयार होकर।”

“ठीक है बेटा।”

जल्दी से मैं और सेल्वा तैयार हुए और चाय-नाश्ता करके निकल गए स्टेशनरी की तरफ़ और यही सोचकर निकले थे कि उधर से सीधे रंगई घाट पर ही जाएंगे गुलदस्ता लेते हुए। जब तक रूही और तृषा नहीं आएंगी तब तक पास ही कैफ़े में वेट कर लेंगे और तब तक लेटर भी लिख लूँगा वहीं बैठकर।

जब किसी चीज़ की ज़रूरत सबसे ज़्यादा होती है तो वो उसी वक़्त पर गायब हो जाती है। लेटर लिखने के लिए एक नॉर्मल कार्ड नहीं मिल रहा था। जब निकले थे तो 1 बजे थे और आधे घंटे से इधर-उधर स्टेशनरी पर भटक रहे थे। ढाई घंटे में तृषा आने वाली थी। जब आपके पास करने को कुछ ना हो और किसी से मिलना हो तो एक-एक मिनट गिनना पड़ता है। लेकिन अगर मिलने वाले से मिलने की तैयारी करनी हो और कुछ इंतज़ाम करना पड़े तो समय इतनी जल्दी भागता है जैसे किसी से रेस जीतनी हो इस वक़्त को । चार-पांच स्टेशनरी पर भटकने के बाद कहीं जाकर एक कार्ड मिला। जल्दी से कार्ड और पेन लिया और हम दोनों निकल पड़े रंगई घाट की तरफ। रास्ते में फूलों की दुकान से रजनीगंधा के फूलों का गुलदस्ता बनवा लिया। सेल्वा ने पूछा कि ये वाले फूल ही क्यों? तो मैंने जवाब दिया कि कहीं पढ़ा था ये एक तरह से 'Purity of love' को दर्शाता है, बस इसीलिए ले रहा हूँ।

करीब 2:30 बजे सेल्वा ने रंगई घाट के पास ही एक चाय कैफ़े के सामने बाइक रोकी। अंदर जाकर मैंने चाय ली और सेल्वा ने अपने लिए पिज़्ज़ा ऑर्डर

कर दिया। तब तक बस मैं उस नॉर्मल कार्ड को लव लेटर बनाने में लग गया। पहले तो मैंने सेल्वा से पूछा कि क्या लिखूँ तो बोला कि ये लेटर तू तृषा के लिए लिख रहा है या रूही के लिए, जो मुझसे पूछ रहा है। फिर क्या था मैंने खुद से ही तृषा के लिए लिखना शुरू किया, सोचा जो भी महसूस कर रहा हूँ सब लिख दूँगा। लेटर में मैंने वो सब लिखा जो मेरा दिल उससे कहना चाह रहा था,

"मेरे अपने बनारस के लिए जो सुकून है मेरा, मेरी तृषा। कल के उस लम्हे को जब रुककर याद कर रहा हूँ, तो यक़ीन ही नहीं आ रहा कि सच में हम दोनों साथ हैं। मैसेज के ज़माने में थोड़ा-सा पुराना काम कर रहा हूँ, तुम्हें ये लेटर लिखकर। अभी जब तुम मेरे सामने ये लेटर पढ़ रही हो तो मैं बस तुम्हें ही देखे जा रहा हूँ। तुम्हारी ये आँखें, रिज़ल्ट के बाद हम मिल रहे हैं और जो लेटर में लिख रहा हूँ वो मैं सामने भी कह सकता हूँ लेकिन बस एक बहाना है तुम्हें देखते रहने का। कल जो हमने एक दूसरे से मोहब्बत का इज़हार किया है तो मेरे लिए तो ज़िन्दगी का सबसे अनमोल लम्हा बन गया है और उससे भी क़ीमती हो तुम। एक पल को भी तुमसे दूर रहने को अब जी नहीं चाहेगा। ये जो ज़िन्दगी तुमने मुझे दे दी है तो बस समझ लो कि साँसों पर तुम्हारा ही हक़ है। ब्लैकमेल नहीं कर रहा हूँ, लेकिन सच में अगर तुम गयी तो समझो ये साँसें भी तुम्हारे साथ चली जाएंगी। मैं भी पागल हूँ, अभी तो तुम आयी हो और जाने की बात कर रहा हूँ। बस हमेशा का वादा तो नहीं चाहूँगा तुमसे लेकिन जब तक साथ निभा सको निभाना, कभी ये नौबत आयी भी कि जाना पड़े तो वजह से वाक़िफ़ कराती जाना। कल रात से

ही एक अजीब सी घबराहट हो रही है मुझे, लेकिन ख़ुद को समझा रहा हूँ कि सब अच्छा होगा। आख़िर में बस ये पूछना चाहता हूँ कि 'तुम्हें गले लगा लूँ क्या?' I Love You So Much Trisha. तुम्हारा आफ़रीन"

लेटर लिखकर मैंने फूलों के बीच रख दिया। लेटर बहुत सोचकर लिखा था इतने में एक घंटा बीत गया था और दो बार चाय मैं पी चुका था। अगली चाय बोलने ही वाला था और सेल्वा ने कहा,

"क्या कर रहा है? टाइम देख बस आधा घंटा है और वो दोनों आ जाएंगी। तूने अगर लेटर लिख लिया है तो निकलते हैं रंगई घाट के लिए।"

"हाँ ठीक है चलते हैं बस। ले आ गया तृषा का कॉल भी।"

"सृजन कहाँ हो तुम दोनों?"

"बस पास ही एक कैफ़े में। तुम जल्दी आ गयी क्या?"

"हाँ बस अभी निकले ही हैं रूही के यहाँ से, तुम भी आ जाओ।"

"अच्छा ठीक है। हम दोनों पहुँच रहे हैं, बाय।"

मैंने सेल्वा से कहा, "चल वो दोनों निकल गई हैं रूही के वहाँ से।"

"हाँ, तू चल मैं बिल देके आया।"

"अरे तू जा बाइक स्टार्ट कर, मैं देकर आता हूँ बिल।"

बिल देकर हम दोनों वहाँ से सीधा रंगई घाट पहुँच गए। थोड़ी देर इंतज़ार करने के बाद तृषा और रूही भी वहाँ आ गयीं। रिज़ल्ट वाले दिन के बाद आज मैं तृषा को देख रहा था। सफ़ेद कलर के सूट में तृषा इतनी ख़ूबसूरत लग रही थी जैसे कोई परिस्तान से ज़मीन पर उतर आया हो। ऊपर से मेरे हाथों में रजनीगंधा के फूल थे सफ़ेद। जाकर हम दोनों उन दोनों से मिले, मैंने तृषा को फूल दिए ज़रा ध्यान से ताकि कहीं वो लेटर ना गिर जाए। थोड़ी देर बाद मैंने सेल्वा को इशारा किया तो रूही ने तृषा से कहा, "तुम दोनों आराम से बैठो और बातें करो, सेल्वा और मैं पास ही एक कैफ़े में हैं। फ्री होकर कॉल कर देना मुझे या सेल्वा को।"

"ठीक है।" तृषा ने जवाब दिया जैसे कोई फूल अपने लबों से गिरा रहा हो।

ख़ुद को सँभालते हुए मैंने तृषा से बात शुरू की, "हम्म, कैसी हो बनारस?"

"मैं बिलकुल ठीक हूँ, आफ़रीन। तुम बताओ?"

"मैं अब ठीक हो गया हूँ, तुम्हें देख लिया है तो।"

"ज़्यादा फ़िल्मी नहीं हो गया ये?"

"फ़िल्मी नहीं, शायराना है। तुम बहुत ख़ूबसूरत लग रही हो, इन फूलों की तरह। अच्छा उन फूलों के बीच तुम्हारे लिए कुछ है।"

"ये क्या है?"

"लेटर है, पढ़ो।"

"हाँ, पढ़ती हूँ।"

तृषा लेटर पढ़ रही थी और बीच-बीच में मुस्कुराकर मेरी तरफ़ देख रही थी। ऐसा लग रहा था कि मैं बनारस में ही हूँ। पानी की लहरें भी सुकून दे रही थीं, फिर भी दिल घबरा रहा था। अचानक तृषा ने पास आकर मुझे कसकर गले लगा लिया। सुकून था उस लम्हें में। लेकिन तृषा की आँखों में आँसू थे जिन्हें देखकर मेरी घबराहट और बढ़ गयी। जैसे सब कुछ रुक जाने को तैयार था। कुछ देर तक ऐसे ही गले लगे तृषा रोती रही और मैं भी। कुछ देर बाद सब शांत हुआ और तृषा ने बोलना शुरू किया।

"सृजन, तुम्हें याद है कल मैंने कहा था कि मुझे एक बात और करनी है तुमसे?"

"हाँ, मुझे बिलकुल याद है।"

"तुमने हमेशा साथ रहने का वादा नहीं माँगा लेकिन जब तक रह सकूँ तुम्हारे पास ही रुक जाऊँ, ऐसा कहा है। लेकिन ज़्यादा वक़्त नहीं है मेरे पास तुम्हारे लिए। मैं तुमसे प्यार नहीं करती हूँ, मुझे ऐसा लग रहा है।"

"तुम होश में तो हो? कल सब कुछ कहने के बाद तुम मुझे बता रही हो कि मुझसे प्यार नहीं। तो फिर गले भी क्यों लगाया, इतना रोना किस लिए? आख़िर बात क्या है?"

"बस प्यार नहीं, ये ही समझ लो।"

"ऐसे कैसे समझ लूँ। ज़रूर कोई और बात है बताओ मुझे मेरा दिल बहुत घबरा रहा है। रो क्यों रही हो?"

इतने में रूही वहाँ आ गयी सेल्वा के साथ और रूही की आँखों में भी आँसू थे, सेल्वा भी परेशान लग रहा था।

“वो कुछ नहीं बताएगी सृजन!” रूही ने कहा

“तो तुम ही बता दो रूही, क्या बात है?”

“तृषा के बैग से मुझे ये दवाइयाँ मिली थीं।” तृषा रूही को मना कर रही थी कुछ भी बताने से और मेरा दिल और भी घबरा रहा था। मैं कुछ भी समझ नहीं पा रहा था कि हो क्या रहा है।

“कैसी दवाई?”

“Brain Tumor है तृषा को।”

मेरी आँखों के आगे सब धुंधला हो रहा था। ऐसा लग रहा था जैसे ज़िन्दगी मेरा मज़ाक उड़ा रही है। तृषा को मेरी ज़िन्दगी में आए 6 साल हो गए थे लेकिन कुछ टाइम पहले ही हमने सही से बात की। अभी तो कितना कुछ था जो मुझे उसे बताना है, प्यार का इज़हार हो गया और जैसे तृषा को जो अपनी साँसों पर हक़ दिया, ऐसा लग रहा था कि साँसों की रफ़्तार बहुत तेज़ हो गयी थी।

“मुझे छोड़ दो, सृजन।”

“जब सब कुछ सामने है, तुम हो और ये ज़िन्दगी, तो कैसे चला जाऊँ? रूही, सेल्वा मुझे तृषा से बात करनी है कुछ देर।”

“सृजन, मेरी एक बात मानोगे और मेरी एक ख़्वाहिश है, पूरी करोगे?”

“हाँ करूँगा और एक क्या सारी बातें मानूँगा और तुम कहीं नहीं जा रही हो तो ऐसी बातें करना बंद करो।”

“रूही के पास बस आधा सच है कि मुझे Brain Tumor है लेकिन पूरा सच ये है कि मेरे पास ज़्यादा टाइम नहीं है इसलिए तुमसे मिलना चाहती थी। दिल की बात करनी थी। ये सोचकर आयी थी कि तुम्हें सब सच बता दूँगी कि वक़्त कम है लेकिन तुम्हारी आँखों में देखकर और इस लेटर को पढ़कर बस तुम्हारी नज़रों में ख़ुद को ग़लत बताना चाहती थी।”

“लेकिन क्यों?”

“मैं तुम्हें इस तरह अकेला नहीं देख सकती।”

“तुम मेरे साथ हो और आगे भी रहोगी, कोई कहीं नहीं जा रहा हैं और हम दोनों बस बनारस जाएंगे और कुछ नहीं।”

"हम साथ हों या नहीं लेकिन मेरी ख़्वाहिश यही है कि मेरे लिए तुम साल में एक बार बनारस ज़रूर जाओगे, साल के आख़री महीने में। मुझे ठण्ड बहुत पसंद है और तुम भी, तो बस मेरे लिए इतना कर देना। अपने लिए कोई ढूँढ लेना जिसके साथ ख़ुश रह सको, दिल की बात कर सको और बस साल में एक बार मुझे याद कर लेना। करोगे ना इतना तो?"

"हाँ, करूँगा। ज़िन्दगी में वो सब करूँगा जिससे तुम्हें ख़ुशी हो लेकिन किसी और के साथ नहीं सिर्फ़ तुम्हारे साथ रहूँगा, तुम्हारे साथ भी, बाद भी। अच्छा ही है कि तुम पहले चली जाओ ताकि तुम्हें कभी मेरा जाना तो नहीं देखना पड़ेगा।"

सब कुछ शांत हो गया था उस दिन, उस शाम। जैसे सूरज अस्त होते हुए इस बात की गवाही दे रहा था कि ढलना होगा, ज़िन्दगी में या ज़िन्दगी से। उस शाम के क़रीब 10 दिन बाद मेरा बनारस मुझसे दूर हो गया था। एक वादा मुझसे लेकर कि मैं हर साल के आख़री महीने में बनारस ज़रूर जाऊँगा। आज पूरे दो साल बाद जब रंगई घाट पर बैठकर उस शाम को याद कर रहा हूँ तो बस महसूस हो रहा है कि परिस्तान की परी अपने परिस्तान वापस चली गयी हमेशा के लिए और मुझे एक समय और नाम दे गयी है- 9:30, आफ़रीन।

"क्या कर रहा है, आफ़रीन?" सेल्वा और रूही ने आवाज़ लगायी।

"बस अपने बनारस को याद कर रहा हूँ जो मुझे मणिकर्णिका घाट पर अकेला छोड़ गयी है।" आँखों में हलके से आँसू लिए हम तीनों बस चले जा रहे थे।

एक अजीब ख़्वाहिश ये भी है मेरी कि जब मेरे अपनों से मौत मिलने आए तो मेरी शक्ल में हो ताक़ि जब उनके दरवाज़े पर मौत दस्तक दे तो मुझे देखते ही मुझे (मौत को) गले से लगा ले और फिर बस सुकून ही सुकून हो।

वैभव सोनी (Iksoon)

लेखक परिचय

वैभव सोनी (वैभव कुमार स्वर्णकर), 22 वर्ष के युवा मीडिया प्रोफेशनल हैं और वर्तमान में इंदौर और भोपाल में सक्रिय हैं। लेखन की उनकी यात्रा वर्ष 2020 में बोर्ड परीक्षाओं के बाद शुरू हुई, जब लॉकडाउन के दौरान एक व्यक्तिगत अनुभव ने उन्हें अपने विचार शब्दों में ढालने के लिए प्रेरित किया। उन्होंने सोशल मीडिया के माध्यम से अपनी अभिव्यक्ति की शुरुआत की, जहाँ उनका पेज अल्प समय में ही व्यापक रूप से लोकप्रिय हुआ। हालाँकि वह पेज बाद में हट गया, परंतु मास कम्युनिकेशन की पढ़ाई के दौरान उनके शिक्षकों और साथियों ने उन्हें लेखन जारी रखने के लिए प्रोत्साहित किया। कॉलेज के सांस्कृतिक मंचों, महफिलों और ओपन माइक कार्यक्रमों में उनकी प्रस्तुतियों ने उन्हें नई पहचान दी और श्रोताओं का स्नेह प्राप्त हुआ। 'कमवक़्त — पल भर के लिए' उनकी प्रथम प्रकाशित कृति है, जो उनके अनुभवों, संवेदनाओं और प्रतीक्षा की गहराइयों को शब्द देती है।

पुस्तक संबंधी जानकारी, लेखक से संपर्क अथवा अन्य व्यावसायिक सहयोग अथवा परामर्श के लिए संपर्क करें:

Pod Club Media™

Vertical of of WMB Ventures (OPC) Private Limited.

ईमेल: hello@podclubmedia.com

वेबसाइट: www.podclubmedia.com

सोशल मीडिया पर जुड़ें:

@podclubmedia

www.ingramcontent.com/pod-product-compliance
Lightning Source LLC
LaVergne TN
LVHW100311210926
848480LV00003B/1091